現代女性作家読本 ④

笙野頼子

YORIKO SHONO

清水良典 編

鼎書房

はじめに

二〇〇一年に、中国で、日本と中国の現代作家各十人ずつを収めた『中日女作家新作大系』（中国文聯出版）全二十巻が刊行されました。その日本方陣（日本側のシリーズ）に収められた十人の作家は、いずれも現代の日本を代表する作家であり、卒業論文などの対象にもなりつつありますが、同時代の、しかも旺盛な活躍を続けている作家であるが故に、その論評が纏められるようなことはなかなかありません。

そこで、日本方陣の日本側編集委員を務めた五人は、たとえ小さくとも、彼女たちを対象にした論考の最初の集成となるような本を纏めてみようと、現代女性作家の読本シリーズを企画した次第です。

短い論稿ということでかえって書きにくい依頼にお応えいただいた、シリーズ全体では延べ三〇〇人を超える執筆者の皆様に感謝申し上げるとともに、企画から刊行まで時間がかかってしまったこともあって、早くから稿をお寄せいただいた方に大変ご迷惑をおかけしてしまいましたことをお詫び申し上げます。

『中日女作家新作大系』に付された解説を再録した他は、すべて書き下ろしで構成していることに加え、若手の研究者にも多数参加して貰うことで、柔軟で刺激的な論稿を集められた本シリーズが、対象の当該女性作家研究にとどまらず、現代文学研究全体への新たな地平を切り拓くことの一助になれればと願っております。

現代女性作家読本編者一同

目次

目次

笙野頼子

『笙野頼子』——神話戦士の布陣——

清水良典

笙野頼子は一九五六年、三重県伊勢市で生まれた。伊勢は日本の歴史的な聖地である。のちに笙野は小説の中で生まれ故郷を「聖都」と呼んでいる。そして「古都」京都市内の大学に進学した。学生生活が終わった後も、笙野は京都のアパートの一室に留まり、ＳＦとも純文学ともつかない種類の小説を孤独のうちに書き続けた。一九八一年に『極楽』で「群像新人文学賞」を受賞した後も、なお数年間、雌伏期間を過ごした。のちの笙野の代表作『レストレス・ドリーム』（94）の悪夢の舞台となった「スプラッタシティ」の光景には、この「古都」が濃く投影されている。

一九八五年になって笙野は「首都」へ上京した。その際も西の郊外、八王子のオートロック・マンションに居を構え、そして今度は東の郊外の小平市に、そしてまた西の新宿郊外の中野に、というように「首都」の中心に向かって、少しずつ迂回するように、あるいはわざとずれながら移動していったその経緯は、『居場所もなかった』（92）で描かれている。このような「聖都」「古都」「首都」の三つの中心、いいかえれば神話・歴史・政治のシステムが、故知らぬ生きにくさを背負って生きてきた彼女の来歴に常にのしかかっていたことは重要である。

一九八一年にデビューした笙野だが、作家として評価が定まるには長い時間が必要だった。バブル経済に浮かれた時期の読者に、笙野独自の非社会的で観念的な世界は容易に理解されなかったし、八〇年代の日本文学は笙野の作風とは対照的な、ポップで口語的な物語文学に席巻されていた。笙野のデビューと前後して世に出た作家には、村上春樹、高橋源一郎、吉本ばなな、山田詠美らがいる。彼らは共通して、日本近代文学の書物と思索中心の重厚な伝統から自らを引き離し、マンガやテレビやポップミュージックなどのサブ・カルチャーを教養の土台に据え、若者の話し言葉を文体に取り入れた。そのスタイルが、バブル経済期の日本的ポストモダン時代状況とマッチして知的大衆の共感を得ていたのである。

そんな八〇年代を笙野は暗黒時代のように耐えながら、個室に閉じこもって自分の孤高の言葉の世界を築き上げていた。この頃の「海獣」(84)、「冬眠」(85)や「呼ぶ植物」(89)といった作品には、彼女の〝冬の時代〟を象徴するように、冬の光景やひとけのない水族館や植物園が出てくる。また、宇宙から飛来し、誰にも知られないまま絶滅していく生命体を描いた不思議な短編「虚空人魚」(90)には、世間から隔絶した絶望とすれすれの場所で、美しく澄み切った境地が表れている。

だが日本的ポストモダンは、八九年の東西冷戦構造の終結と昭和天皇の死、バブル経済の破綻による急速な消費の沈滞によって霧散した。そして笙野は「首都」の風俗を異界のように眺めながら、違和感と孤独を独自のユーモアと奇想に凝固する術を会得していった。「なにもしてない」(91)は、その成長と転換を鮮やかに告げる作品である。

三十歳を越えた〈私〉は就職も結婚もしないまま、世間から見れば「なにもしてない」異様な存在として、父から仕送りを受けながら都内のワンルームマンションに、引きこもり同然に暮らしている。そんな〈私〉は両手にできた原因不明の「接触性湿疹」にしつこく悩まされる。この「湿疹」をめぐって増殖していく幻想と、〈私〉の孤立を取り囲む社会とが並んで対立していることが、この作品の基本構造である。

〈子供の頃から続いていた外界との軋轢は今では真っ白な壁と化した。閉じ籠もりは常態になり私はそれに慣れた。曲りなりに持っていた社会性までも退化させた今、深海の底魚のような感覚になった。〉（『なにもしてない』）

この「外界」の「壁」への深い違和の意識は、笙野の文学の根幹をなすものであるが、その「壁」に対して教養や理論や社会行動によって対決するのではなく、まさに「閉じ籠もり」の果ての「深海の底魚のような感覚」の幻想的な無限増殖によって、距離を保ってずれながら、異化しつつ対抗するというのが、笙野の一貫した文学的態度であるということができる。

しかし、「外界」の悪意がそう簡単に消滅するものではない。身体の内部にまで侵食した「外界」との闘いを描いた『レストレス・ドリーム』（94）は、夢という設定、そしてゲームという装置を舞台にした。これは夢の世界の分身「桃木跳蛇」に不気味な「ゾンビ」たちやその首領たちが襲いかかる闘争ゲームの小説だが、彼らは何ゆえに襲ってくるのだろうか。彼らは「桃木跳蛇」を「ブス」と呼び「馬鹿女」と罵る。彼女が男の性的関心を惹かないこと、恋愛も結婚もせず性的に従属しないことが許せないのであり、何よりも男の支配構造に敢然と反旗を翻していることを憎み、抹殺しようとするのである。この対決が『なにもしてない』における「外界」と〈わたし〉との間に生じた「接触性湿疹」の、更なる悪夢的な増殖であり、よりラジカルな自覚的対決の姿であることは明らかだろう。「スプラッタシティ」の丘陵の上に聳え立つ「大寺院」とは、いわば天皇を象徴的な頂点とする日本国家の悪夢的変換に他ならない。その国家は、男性に従属しない女でありつづける〈私〉の存在を許さず虐殺にかかる抑圧機関に他ならないのである。

そのころから神話との闘いが笙野文学の大きな目標となる。なぜなら神話は、人の無意識までを統御する歴史と政治の深層に他ならないからだ。『母の発達』（96）から『太陽の巫女』（97）に至って、そのラインははっきり姿を現すことになる。

『太陽の巫女』は〈結婚〉をめぐる一種の神話的幻想譚であり、「今まさに死のうとする冬至の太陽」と「単身婚」して「巫女」となる「滝波八雲」の物語である。八雲家の父方はナギミヤの土地神である蛇神の家系であり、母方はそれを支配する竜神の家系である。「聖都」として神話を背負った郷里に正面から立ち向かい、夢幻的な内なる第二の神話を構築しながら、しかし、この小説はその神話構造がそっくり捏造された「からくり」であり、すでに壊れている世界であることを記述する物語なのだ。ここでの〈日本で一番保守的な町〉ナギミヤが、日本国家の根幹と構造を同じくすることは想像に難くない。そういうナギミヤ神話と闘争しながら、滝波八雲は〈幻視の世界を自分の世界とし、そこを自分のクニのように感じている〉(「太陽の巫女」)のだ。幼時から忌避していた「聖都」を、笙野はこの作品で完全に乗り越えることができたといっていい。それまで居場所を求めて三つの都を彷徨ってきた彼女はこのとき以降、自分の居場所に迷わなくなった。捏造と曲解にまみれた歴史と神話をまとうこの国に対峙して、少しも動じないカウンター神話が彼女の中に築かれつつあったのである。

故郷の聖都から古都へ、そして首都へと、笙野が漂流してきて、短くない年月が過ぎた。そして現在彼女は猫を同居者として自分の家を持っている。『愛別外猫雑記』に書かれたように、捨てられた猫もまた言葉を持たぬ疎まれた者であり、この世に生を受けながら尊厳を冒された者である。彼らとの共生は保護というより共闘といえるものであり、その「家」はこの国で幻想と文章によって一個の「クニ」を創り出した笙野文学の、ささやかな砦である。そこに根を張って、『水晶内制度』(03)は書かれた。

日本国に出現した不思議な女人国、ウラミズモ。女だけが人間であって、男は人間に値しないと見なされる国。そのウラミズモに移住し建国神話の記述に携わる元日本人作家の女性の手記というのが、この作品の設定である。

それは日本文化の根っ子まで染み付いた女性差別の歴史体系への、まさに国家的な反逆の試みであり、国つくりまで遡る神話の書き換えの冒険を契機に宿していた。

その後に発表された『金毘羅』（04）を、現時点までの笙野の神話闘争の頂点と見ることができる。生きにくさを背負った自分が実はニンゲンではなく「金毘羅」だったと気付いたことで、語りなおされた一種の自分史という体裁をとりながら、この作品はアマテラスを中心とした日本の神話体系に、どこまでも反逆し永遠にまつろわぬ「カウンター神」としての金毘羅を再創造している。

しかし、その「頂点」も今後の笙野頼子の前進を予想するとき、仮の里程標でしかないだろう。言葉の荒ぶる破壊力と静謐な祈りの美しさを兼ね備えた笙野文学は、生きにくさを伴って生きる現代人の今日的な黙示録として、いよいよ重要さを増すはずである。

（文芸評論家・愛知淑徳大学教授）

「なにもしてない」——自閉する饒舌——千葉正昭

笙野頼子『極楽・大祭・皇帝』（講談社文芸文庫）の裏表紙には、〈暗黒の八〇年代を注ぎ込んだ引きこもり・憎悪小説集〉という評言がある。肯なるかな彼女の小説には〈引きこもり〉のかたちをとって、社会や世間を〈憎悪〉する主人公達が、様々な〈破天荒なエネルギーが漲っている〉（清水良典「言語国家と「私」の戦争」『レストレス・ドリーム』河出文庫、96・2）言葉を発するのだ。それは、この「なにもしてない」（「群像」91・5）の主人公とも重なる。

更に、笙野頼子の小説の特質を総括的に説明するとすれば、斎藤美奈子の次の評言に、読者とすればつい固唾を呑んでしまう。〈ごくありふれた人々のつつましい日常を襲う目にみえない暴力。そういうものを取り出して、えいやっと肥大化させたのが彼女の小説世界〉（「解説」『母の発達』河出文庫、99・5）と、紹介する。これは、「なにもしてない」の主人公が、定職に就かず引き籠っている状態で、親戚筋から受ける精神的圧迫の描写にもあてはまるし、それを自分の言葉で〈肥大化させ〉て独特なワールドを形作っていることにも通じているといえる。

この小説の主人公〈私〉は、〈子供の頃から続いていた外界との軋轢は今では真っ白な厚い壁と化した。閉じ籠もりは常態となり私はそれに慣れた。曲がりなりに持っていた社会性までも退化させた今、深海の底魚のような感覚になった。〉という状態で、今三十余歳だが、親からの仕送りに支えられて小説を書いている。

が、この小説を顕在化させているのは、モノローグと自閉的妄想と饒舌である。主人公は、〈ナニモシテイナイ自分〉を、非常にというか過剰に意識している。それが自分の特殊性となっており、他方でコンプレックスにもなっているのだ。主人公の〈私〉は、東京のワンルームマンションに住む、独身女性である。思い込みが激しく、外に出れば、周囲の子供たちに〈オジサン〉と呼ばれて気味悪がられている人間として登場する。

物語は、天皇即位式前後の時期から展開する。〈私〉は、手に異常をきたし〈湿疹〉に悩まされる。所謂〈皮膚病〉なのだが、症状は、悪化の一途を辿る。薬を購入し塗る。心霊の本を読んで研究する。が、一向に快方にはむかわず状態の悪化は進む。そこに恐怖心がふくれ上がるかたちができるのだが、主人公は、そのこと自体を深刻に気に病むということはない。病気が、〈私〉を鬱屈した考えに誘い込み、閉じ籠もりの傾向があった自分の過去の生活の性癖を饒舌に語り始める。

テレビでの天皇即位式のこと、家族のことなどを語り出すのだが、世間や一般社会から疎隔された自己という姿を、自分なりに捉えるというようなところがある。

〈ナンニモシテイナイ〉自分を異常に意識してゆく背景には、手の皮膚病の悪化や、無職であることに対するコンプレックス、二つのことの複合意識が、ものすごい激しい思い込みになっている。その感情の増幅に小説の面白さがあるともいえる。

その後主人公〈私〉に対して、親類縁者や家族から心配やら悶々とした思いが向けられていることが、説明されゆき、それが彼女の根所にもなっていると解説される。

のち医者に行くと、接触性湿疹だと診断される。この皮膚病判明と重なるように、主人公〈私〉は、ひどい〝鬱〟状態として様々に説明される。母親もまた同様の性癖であると。母親の困りようの根源は、また〈私〉が〈ナンニモシテイナイ〉ところにあると解説されてゆく。

再び医者に行くと、接触性湿疹という診断のほかに、病気になりやすい体質を指摘され、少々気が滅入るが、自分のマンションに帰ると、ホッと一息する。この小休止は、社会に対して〈ナンニモシテイナイ〉自分が、うしろめたさを覚えているのだが、皮膚病なのでそれほど〈おそれなくても済む〉という精神的ツボであったといえる。それは小さな自己正当化理論でもあった。

やがて病状がよくなり、社会や世間というういわば現実世界との折り合いを考えるようになってゆく。その接点に浮かんできたことがらのひとつに家族との関係があった。父親の外国旅行のため一人で留守番をする母親に寄り添う仕事である。主人公は、いそいそと帰省する。母親は、主人公〈私〉と同様、時々機嫌が悪くなるが、やがて父親が外国から帰ってきたので、主人公は郷里の伊勢から東京へと帰ってくる。すると突然、住んでいたマンションが学生専用になるというので、社会人は出てくれと宣言され、新しい住居を探し始める。

その後の物語の推移は、笙野頼子の『居場所もなかった』（講談社、93・1）に登場する。続編ともいえよう。以上のように物語の筋は、あるようなないようなかたちになっているモノローグで、それも饒舌な語りで終始する世界になっている。

定職に就かないで、アルバイトもしないでただ自閉したアパート暮らしは、〈確信を持って書くこと自体はなじみのある光景ではあるのです。だから、さっきの作品が今風の「私小説」だとしたら、これは古典的な「私小説」といってかまわないとおもいます〉（高橋源一郎「創作合評」「群像」91・6）とも解釈される。高橋源一郎の評言に添っていえば大正期の葛西善蔵のそれと相似形をなすといえなくもないかもしれない。

職に就くことが、当然であるという考え方に疑義を唱えてみせたのが、この小説ともいえる。それはどのような姿勢で小説を書くかという笙野頼子の姿勢でもある。彼女自身、大学の法学部に籍を置き、完全に筋の通っていることを疑え、当たり前だと思っていることを異化して考えろ、ということも学びました。たとえば、女性は「女らしく」するように教えられますが、民事訴訟法的な考え方では、「女らしさ」の定義から始めなくてはいけないんです。（笙野頼子／ラリイ・マキャフリイ「あとがきに代わる対話」『タイムスリップ・コンビナート』文春文庫、98・2）

ともいっている。これは最初に述べた斎藤美奈子の発言とも重なるところで、世間や社会通念上〈当たり前だと思っていることを異化して考えろ〉という立場であろうと判断される。

大正期の葛西善蔵「子をつれて」の主人公は、小説家という選民意識と芸術家魂の尊厳を確信している。そこには、経済的貧困の余波に次第に犯されてゆく状況を、家財道具の消滅や家族離散というかたちで、物語のリアリティが保証されている。

他方笙野頼子のこの小説は、〈ナンニモシテイナイ〉自分が、外の世界に出た途端、判明し難い言葉や、大きな音に、脅かされていく様が描かれているのだ。

社会の常識を形成している観念の実質の重量が、主人公の存在を脅迫する。それが、主人公の〈幻聴〉や〈疲れで全身が凝り〉という状態を招くと語られているのだ。職に就かないということが、どれほどの辛さで人間を圧迫するのかを説明してみせた小説ともいえよう。その常識の圧迫と対峙する時、主人公は他者と連帯することなく、〈狂躁的〉（筒井康隆）文体で、異常に饒舌に一人称に固執して世間の通念の実体とか重量とか構造とかを解説してみせたといえる。

（宮城工業高等専門学校教員）

「なにもしてない」――〈現実〉の不確かさの感覚――山下真史

『なにもしてない』は、一九九一年九月に刊行された笙野頼子の初めての小説集で、表題作と「イセ市、ハルチ」を収める。群像新人賞を受賞してから十年後、この作品で第一三回野間文芸新人賞を受けたのだが、「受賞のことば」（「群像」92・1）で笙野は、自分が書きたいことが〈どうやら人様には大変伝わり難いらしい〉もので、群像新人賞の時に〈方法論か態度を、十年早いと書かれた覚えもある〉と言い、〈そしてその十年が経ってもまだ手探りである。〉と述べている。この「受賞のことば」が「十年早いか。」という題なのは意味深長で、十年経っても人はまだ十年早いと言うのか、これから先十年、また評価されないことになるのか、という皮肉とも恨みとも取れそうな発言なのである。もちろん裏には自負も見え隠れするのだが、そもそも『なにもしてない』は何を伝えようとした小説なのだろうか。紙幅の都合で、二篇のうち、表題作について考えてみたい。

「なにもしてない」は、大きく分ければ接触性湿疹をこじらせた〈私〉が医者に行くまでの話と、それが治ってから伊勢の実家に帰省する話から成る。この二つの話が一つの小説の中に語られる必然性はあまり感じられず、ドラマティックな展開がある小説というより、〈私〉が自分自身について回想したり、身の回りに起こる現象について感じたことを語ることが中心となっている小説である。その点で、一見、身辺雑記的な私小説と言えそうだが、この作品には、例えば志賀直哉の小説に見られるような出来事や物の質感、あるいは作者の〈腰据り〉や詩的な情緒も感じられない。〈私〉がドッペルゲンガーを見たり、妖精を見たりするのも唐突な感じで、むしろ、〈腰据り〉や現実感のなさが描かれている小説と言うべきだろう。その意味で「なにもしてない」は、伝統的な私小説の形だけ真似、その中身を正反対にしたような小説と言えよう。もちろん、私小説の本質をEcce homoであるとすれば、この小説もその例に漏れないと言えるのだが。

さて、文脈を無視した引用になるが、本文中には次のような文章がある。

〈現実はいつも悪夢だった。同時にその悪夢のような現実から、外れるぎりぎりの場所に来た時、私は現の感覚を取り戻せた。〉

〈夢の中の空気は現実よりも密だ。〉

〈我に返るきっかけになったのはやはり想像であった。〉

人々が〈現実〉と見做しているものが〈私〉にとっては不確かで、〈夢〉や〈想像〉の方が確かさが感じられるということになろうが、実はこの作品には〈夢〉や〈想像〉が確かな手応えを持って書かれているわけではない。次のような一節を見てみよう。

〈ライブが済んでみると、現場と映像の差について興味を持ち始めていたのだった。〉

〈テレビがあの様子をちゃんと映すかどうか。テレビと現実を交互に見よう。〉

この作品には、このような〈現実〉とそれ以外を対比的に見ようとする〈私〉の姿勢が鮮明に描かれている。とすれば、この作品のモチーフは、〈現実〉以外の〈夢〉や〈想像〉、〈映像〉や〈テレビ〉の確かさ書くことにはなく、〈現実〉が不確かに感じられるというその手触りを書くことにあると言えよう。〈現実〉が全く否定されているのではなく、〈現実〉の不確かさ、信用できるようで信用できないという感覚が書かれているのである。

ところで、〈現実〉の不確かさの感覚というと、すぐに連想されるのは大正末の新感覚派や前衛詩だろう。たとえば川端康成は、確固とした現実があってそれを写実するという写実主義を否定し、主観の力を強調する表現主義を自分の文学理論としていた。この理論は借り物の嫌いもあるが、川端にはそもそも現実なるものが自明のものではなく、現実を写そうにも写せないという実感があったことは疑い得ない。

〈現実の形を、現実の限界を、安易に信頼し過ぎてゐる人から深い芸術は生れない。人間は現実界に生活するものであり、一歩進んで、人生とは現実界であると云ふ考へ方は、なかなか動かし難い現実主義の芸術を形造るが、精神の低迷を招きがちな危険がある。事実また、少しく凝視すれば、現実と云ふものは底抜である。現実をより鋭く捉へる精神程、現実の相についてより多くの懐疑に陥る。〉（「表現に就て」「文芸時代」26・3）

このような芸術観は、翻って考えてみれば、至極まっとうで、芸術は現実を忠実に写すべきものであるという写実主義の方が、近代の一時期に生じた特殊な考え方と言えるだろう。また、〈現実と云ふものは底抜である〉というのも、〈現実〉の成り立ちを原理的に考えれば首肯出来る。川端は〈現実〉を写実するのではなく、主観によって新たな〈現実〉を創り出そうとするのだが、「なにもしてない」の〈私〉には、そこまで積極的でないにせよ、〈現実〉に対する姿勢では共通するものがある。医者に行かないことで手を腫らした挙げ句、苔のような植物と化したいと思い、妖精を見たという場面に次のような一節がある。

〈それはただ何かを見たがっている。見る事以外に何も望まないが、その視線にはあらゆる生臭い衝動が沸騰している……〉

〈見たい。何を、というのではなく普通の人間が普通にみるものを、普通さを徹底させて見尽くすような感じで。見るだけでなにもかも肯定されてしまう。（略）そう思っただけで〈私〉の頭の中はなぜか非常に強

い生命欲に満たされていた。〉

おそらく〈私〉は、川端と同じように、徹底的に〈見る事〉によって〈現実〉を織り成すから、く、り、を見破り、分節される以前の世界を捉えようとしているのである。そう言えば、この作品には、〈私〉が服の生地に興味を寄せていることが繰り返し書かれているが、生地を実用的な形を取る以前の姿と考えれば、それは〈私〉が分節される以前の世界に関心を持っていることの比喩として読めるだろう。いわゆる行動の世界では、〈私〉は〈なにもしてない〉のだが、実は、見る事を徹底することによって世界を変貌させようとしているのである。そしてそのことは、この作品が〈現実〉を離陸して、豊かな空想の世界を開くようなドラマティックな展開にならないこととも関係している。〈生きている限り、どこかに住まなくてはならないという類の理性は保たれたままで、(略)幻への逃避とたえまなく戦っていた〉という一節があるが、これは、〈私〉が〈現実〉の外へ逃避する安易な道を捨て、〈現実〉の不確かさの中に身を置き続ける困難な道を選択していることを示している。〈私〉は、実はもっともラディカルな道を選ぼうとしているのであり、それは作者の小説を書く姿勢に繋がっていると言えよう。

最後に、笙野頼子の〈現実〉の不確かさの感覚が何に由来するかを考えておきたい。大正末に現れ、いわゆる昭和文学を実質上担った新進作家たちは、川端同様、〈現実〉の不確かさを感じていた。それは日本の近代化の帰結として現れた世代的な必然であったのだが、笙野の場合、その感覚は、笙野の世代がいわゆる全共闘世代の後の世代であることが関係しているはずである。全共闘世代が戦うべき確固とした〈現実〉を持っていたのに対し、その後の世代ははるかに現実感覚を失っていたというのが私の理解である。この世代の作家たちは、おそらく大正末に出現した新しい世代の作家たちと同じような〈現実〉に対する感覚を持っており、笙野頼子は、やがてその代表的な作家と言われることになるのではないかと思われる。

(中央大学教授)

甘やかされる主人公たち――「極楽」「大祭」「皇帝」における語り手の批評意識――

清水　均

何とも「異様」な作品群である。既に「まがまがしい」という評語もあてがわれているらしく、更には難解とも評されて、その作品内容の「異様」さは定評にもなっているようだ。そして、その「異様」さゆえに作品が発表されてから数年間は世に受け入れられなかったという「時代の不幸」に見舞われたが、その後そうした作者の「暗黒時代」は過去のものとなり、その「異様」さゆえに、かえってこれらの作品群はある一定の評価を得るに至っているらしい。

だが、私がここでいう「異様」さは、そのような作品評価の文脈とはズレた所で感じ取ったものだ。簡潔に言うと、これらの作品に感じる私の「異様」な印象は、語り手の主人公の男たち（「大祭」は七歳の少年にすぎないが）に対する距離のとり方の「異様」さによるといえる。つまり、これらの男たちに対し、〈語り手は一体どういうつもりで語っているんだ⁉〉という不可解さを覚えるということだ。例えば、「大祭」に対して評価は、〈人生が茫洋とした可能性や未知に富んだものではなくて、マニュアル化された難解なシステムでしかなく、際限ない災害であり、傷でしかないような感受性が、これほど生々しく烈しく主張されたことはなかったはずだ。〉と指摘しているが、語り手の振る舞いを見る限りではそのような作品としてこれを読むことはできないだろう。確かにそのような「感受性」（一般にはこれこそが「異様」であり評価されるべきものとみなされているようだが）

は語られてはいるにせよ、しかし語り手はそれを〈生々しく烈しく主張〉してはいない。語り手は七歳の少年の「感受性」に寄り添いつつこれを読者に開示していくが、少年の〈ここではないどこか別の場所〉〈90年代のJ-POP風だ！〉への逃避願望は、あらかじめ語り手によって暗示されている通りに最後には中途半端に投げ出されたまま放置されるのである。同様のことは他の二作品に対してもいえるのであり、これらの作品における語り手はどれも、〈社会を憎悪している人間〉ではなく、〈社会を憎悪したがって自閉している人間〉たちに対して時に〈悪意〉すら垣間見せながら語りを進行させ、最終的には予定通り〈極楽〉からは凋落し、〈大祭〉へも行けず、〈皇帝〉にもなりえない、いわば〈達成できない主人公たち〉を、中途半端な存在のまま読者の前に提示して語りを終えているのである。問題は、何故語り手はそのような振る舞いをするのかということだ。

これらの作品では、恐らく作者の書き癖ともいえるのだろうが、傍点と〝 〟の使用頻度が高い。例えば「極楽」の、〈或るいやな晩の事、檜皮が画室に入ろうとするといきなり彼の両眼に滅茶苦茶邪魔な予想外の色彩が飛び込んで来た。〉における傍点の使用は、昔話の語りの導入部にも似て、場面の性格（この場合は檜皮が陥入した幻想が〈いやな晩〉であること。）を読者に対して規定するように機能すると同時に、主人公の感性（〈いやな〉と感じる檜皮の感じ方）に読者が同調するようにはたらきかけているが、このように、語り手が檜皮自身の意識に寄り添い、読者をこれに同調させるような機能は、他の箇所では同時に〈陶芸作家でもあり画家でもある彼〉〈写真の中の檜皮は心やさしい、夢を売る男なのであった〉など、主人公の自嘲的な意識を示すところでも用いられる。しかし、この部分では当然、語り手の檜皮に対するアイロニカルな意識をも同時に示しているのであって、その意味で、語り手は一方で主人公に寄り添いながら、他方では主人公を対象化し、批評する立場をも確保しようとしているといえる。

〈見合いの最初に綾子の〝形状〟を観察した時、檜皮はまず瞬間的に何かしら言葉に表す事の難しいしかし確かに感じ取る事のできる異様な不快感を覚えた。(中略)この場合〝造形上の〟というのは〝肉体上の〟という程度の意味であろうが、〉―これは、綾子の肉体に対する檜皮の「微妙な違和感」を語る箇所である。前の部分では〝形状〟の語を使用しているにも関わらず〝造形上の〟と言い直しているのは作家のミスだろうが、そのミスが期せずして際立たせているのは、前の部分の「引用」として〈この場合〝造形上の〟というのは〉と言っているところに、語り手が檜皮を対象化する立場を前面に出そうとする意識がはたらいているということである。〈だからこそ〈意味であろうが〉という檜皮の意識を推測もする。〉そして、檜皮を対象化する場合、この語り手は先に見たように得てしてアイロニカルに、また時には檜皮を突き放すかのように彼を卑小なものとして語るのである。〈彼は自分自身を地獄絵を描くためだけ生まれてきた人間だと信じたがっていた。〉〈それに何よりも檜皮なんかを相手にして〉〈一番大きな無自覚が、彼の画面の総てであった。知らずにいたからこそ、感情の計算からもれてしまった彼の〝極楽〟がそこにあった。〉(傍線論者)などはその例であるが、最後の例からは「極楽」というタイトルそれ自身が既に語り手のアイロニカルな意識の象徴であることがわかる。

こうした語り手による主人公への批評意識は最初の長編「皇帝」により顕著に現れる。〈いや、声はもしかしたら彼が真底望んでいる事なのだろうか。―もっとも、書き手がいくら考えたところで本当はどうにもならないのだ〉と一旦主人公の意識に寄り添う姿勢をとりつつ主人公の意識の全てを知る事の限界を述べる。が、そのくせ一方では〈彼の生活はさまざまな独りよがりの約束事やそのままでは通じない言葉を操作する事によって埋められていた。例えば〝皇帝〟などという名乗り方もそのひとつだった。〉というように、主人公の全てを見透かしているかのような口調で主人公を対象化し批判的に語り、ここでもタイトル〈皇帝〉はアイロニカルな語り手の意識の表明であることがあかされてしまっている。では、一体これらの作品群の語り手たちは何がしたいのか？

笙野頼子の初期作品群は〈アメリカナイズされたポストモダニズムの勢力に席巻された80年代と、この作家が残酷に擦れ違っていた〉（清水良典）と言われたりもするが、実はこれらの作品群と〈馬鹿騒ぎを繰り広げる私たちの世代の中身のなさや空虚感をあらかじめ見透かしたように突き放して描いていた〉（香山リカ）とされる村上春樹の自閉的世界とは左程離れた所に位置しているわけではない。また、村上春樹の語り手が〈僕〉と名乗ることにおいて、主人公〈僕〉に対してある種の甘やかしの姿勢を胚胎しているように、笙野の語り手たちも別の意味で主人公たちを甘やかしているという点でも通じるものがある。上に述べたように、笙野の初期作品群の語り手たちは主人公たちに対してアイロニカルで時に嗜虐的でさえある。社会、集団、制度を免れた〈自閉都市〉を夢みる主人公たちは語り手によってあらかじめその限界がわかられてしまっており、その〈ひとりよがり〉さが批判の対象にもなっている。しかし、このように語り手自らが批判者となることで、読者も当然感じるであろう主人公の狭小さや〈ひとりよがり〉への批判意識を封じることになる。読み手の主人公批判をあらかじめ語り手が引き受けることによって主人公たちの脆弱さが許容され温存されることになるのだ。いわば、〈いたらぬところは重々承知しているけれど、私に免じて許してほしい〉ということだ。しかも、一方で〈自閉都市〉のビジョンそれ自体とそれを憧憬する彼らの意識そのものは独特の「異様」さによって読者に強く印象づけられることになるから、〈でも、それでもこの人たちはすごいんですよ〉と暗に主張していることにもなるのだ。

やがて笙野の作品には〈この人たちはすごい〉が前面に出てくることになるだろう。そして、ある種の読者は〈深淵で異様なファンタジー〉を享受することで、〈これって私！〉〈宮台真司的！〉という密かな共感を覚えることになるだろう。

（聖学院大学教授）

「夢の死体」——感傷の古都空間——

熊谷信子

一、古都の感性

笙野頼子の作品には、人間が持ち合わせている〈陰〉の感情を、冷静に客観的に描いていく仕組みがみられる。初期作品である「極楽」（81・6）、「大祭」（81・11）、「皇帝」（84・4）の三作品ともに、嫌悪や憎悪、憂鬱や孤独、無情や悲哀、呪詛や恐怖などが、組み込まれながら作品世界が仕上げられていく。小説内で会話文がほとんどみられず、第三者的な語り手が主人公を語っていく。この笙野独特の作風は、「海獣」（84・8）、「冬眠」（85・4）、「夢の死体」（90・6）にも継続されていくことになる。

「夢の死体」では、主人公が過ごした古都での体験が、語られていく。笙野頼子自身が京都に在住した経験があり、主人公Yは頼子、古都は京都、生まれ故郷の神都は伊勢市、首都は東京と考えられるが、作品の中では一切規定されていない。

「夢の死体」を読みすすめるうち、主人公Yが感じている古都への感覚を受け止めながら、私自身の、古都での生活体験と重ね合わせて読まずにはいられなくなった。父の転勤にともない東京、名古屋、札幌と移動した後、思春期のあいだ古都鎌倉に居住することになったからである。当時すでに三都市の人口は一〇〇万を超えていた。それに比べて、機能的とも快適ともいえない、人口の少ない鎌倉の街の構造に戸惑いながら生活をはじめた。高度経済成長を経て、大都市圏が年々都市機能を高めていくのに対して、古都の動きはゆるやかで、古都は何年たっても古都としてあり続けていくのである。鎌倉では、四季折々の年中行事を大切にする慣習が、大人たちだけではなく、子どもたちの世界にも浸透していて驚いたものである。その子どもたちの祖父母や父母たちは、画家や陶芸家、音楽家や写真家、作家や映画人といった芸術家も多くいた。鎌倉に永年住み続けている人もいれば、古都鎌倉の魅力に引き込まれるように移ってきた人たちもいる。古都とは否応なしに伝統、文化、感性が自然に身にまとう土壌があることを知ることとなった。

「夢の死体」におけるYが感じている古都は、美しく、寺院が多くあり、草木が茂り、人々の言葉遣いは柔らかである一方、どこか古都の住み辛さを感じている。

古都では〈感覚の中に毎日のように何かが流れ〉、〈古都が守るものやその古都の中で育った自分なりの感覚を伝えようとし、古都に引き摺りこもうとする人々が確かにいた〉という一文に、別の場所から古都に移り住んだ者だけが気づく思いが伝わってくる。

Yは古都での暮らしについて、〈神経に良くなかった〉なぜなら〈個人の事情とは無関係な土地の呪いのせい〉だからといっている。確かに古都の歴史を紐解くと、様々な人間の〈陰〉の感情を取り込んでいる。都に存在した栄光と繁栄に彩られた権力構造の中で、虚しく散った多くの人々の命も、その土地に眠っている。気高い観光名所が存在する一方で、古戦場や自刃跡地には、不思議な伝説や怖い話はいくつも残されている。

「夢の死体」に記されているとおり、古都はまさしく都市機能を高めていく生活の場所ではなく、歴史と伝統を背負いながらノスタルジアをもち、古都が守るものを〈観念や夢と化〉している場といえるのである。

二、古都から首都へ

Yにとって古都での生活は、危険と隣り合わせの日常であった。銭湯の帰り道、自転車の男にカッターでジーンスを切られ、ジンの空き瓶をゴミ置き場に捨てるとアパートの住人たちに迷惑がられ、洗濯物がなくなると、家主からとげとげしいことばをかけられた。これらは人間関係の希薄な都会では、起りうる出来事である。

しかし、観光客の来る通りを少しはずれると、そこには古都の日常がみえてくる。〈近所同士でがんじがらめになったストレスをよそものにぶつけ無風無感動に凝り固まって暮ら〉す人々や、〈古い土地の交際の辛さや定住の重さを外から来た人間に見せたりはしない〉店主たち。これらの二面性は、Yの研ぎ澄まされた感性を刺激し、古都を受け入れづらくしていく。

Yにとっては、日常に起る出来事に限らず、自然の風景さえも幻覚がともなう。古都に咲く桜に対して〈一面全体が戦乱の跡地で、どの寺院も桜の大木がとても多い〉、〈八重桜から、薄水色の霧のような何かが細く出ていて、虫の精のような、その幻影はそれを、吸収していた〉、〈空の衣裳の下半分をただだらりと垂らしたまま風に揺らせて、袖だけで何か、単純な、非常に遅い動作を繰り返していた。見ている内に自分も一本の桜になったかのように〉Yには思え、そこが特別な土地だと信じてしまう。

古都に雪が降った日には、古都の寒さはその温度そのものではなく、何か他の負因を引き摺り、Yから奇妙に心のバランスを失なわせる。〈幻想めいた地面や積み重なった白い結晶の反射が、Yの凍り付いた生命エネルギーを危険な知覚の中へと静かに誘い込んで、そこへ、閉じ込めてしまう〉、〈Yのある一面が雪の中で、普段のYとは異なる人格として独立してしまう〉とあるように、古都に咲く桜に対しても、古都に降る雪に対しても、

Yにとっては美しい季節の風物詩として楽しむものではなく、強迫観念に襲われてしまう。いわば、Yにあらわれている精神的な疲れや歪みは、自然の変化さえも受け止められなくなる。

Yは、古都に住む限界を感じはじめる。〈外の世界がはっきりと見えてしまうというのはどんな人間にも堪えきれない事なのかもしれない〉、〈いつしか幻覚の結界が破れ、古都にいるべき理由がなくなってしまった〉とある。Yは、生まれ故郷の神都からは、逃れることだけを考え、古都に住み着き、家族と距離を置き、自分の生活を閉ざす事を目的としていた。しかしその思いとは裏腹に古都住まいにも違和感を感じるようになる。

Yが古都で感じた、幻覚から幻想へと連なる世界とはどのような世界なのか。その一つの答えが作中で語られている。〈夢の中の海や海に似た波動、色、そんなものと一体化するために生きていたのだった。もっとも日常生活に支障をきたすような幻覚ではなく、確か真性幻覚に対して偽幻覚とかいう、自分でコントロール出来るもの〉であり、その〈海〉は〈現実と幻想を接合させようと〉するものであった。

Yは、仕事の展開を求めて首都にいくことを決意する。引っ越しの準備期間〈心と体は何の苦しみもなく動き〉伸縮する。Yにとって、古都での幻想的世界はすでに〈夢の死体〉となり、過ぎ去ったものである。首都にむけて新しい自我との戦いがはじまり、そこから幻想的〈海〉の世界が生まれようとしている。

このYにとっての新しい〈海〉とは、新しいスペクタクルであり、新たな自己形成のための創造的幻覚世界に入っていくことになるのであろう。

（国立相模原病院附属看護学校非常勤講師）

「居場所もなかった」——永久保陽子

〝部屋を借りる〟とは、とても不思議な経済的行為だ。賃貸料金を支払い、一定期間、対象物を賃借する。とても単純なことなのに、何か複雑なものが付随しているように感じられる。それは借りるものが部屋、要するに住居であることに起因しているのだろう。部屋は、人間の生活空間であると同時に、居住者のアイデンティティや、所属する社会（共同体）におけるスタンスなど、精神的かつ社会的な多くのものを表象する「居場所」でもあるからだ。そのため、借りる部屋の選択は、嗜好の反映以上の重層性を帯びる。そしてその判断の基準の設定は、借り手のアイデンティティに深く関わる問題となるのだ。

部屋探しにもっとも難儀するタイプ。どこにも住むべき根拠がなく、どの地域にも属していない未来のない人、三十代独身のうさんくさい自営業者、しかも借りた部屋で一日中仕事をする。

「居場所もなかった」の主人公〈私〉の苦難のひとつは、この〈どこにも住むべき根拠がなく〉、〈どの地域にも属していない〉というように、選択の判断基準を定められないところにある。住居とは、居住者と社会との関係性を表象する。〈私〉の住居の選択の判断基準が不明瞭であるということは、〈私〉と社会との関係性が不明瞭であることを意味する。

〈私〉の職業は小説家という自営業。新人賞を受賞し、その後も書き続けてはいるものの、未だ単行本は上梓されず、出版業界では鳴かず飛ばず。収入は僅かな原稿料と、両親からの仕送り。三十歳の未婚の容姿は美しくない女性。〈私〉とは職業人として、ジェンダー的女性として、社会に確固とした着地点の無い、まさに社会から浮遊した存在なのである。

そのため、京都から「居場所」を求めて移動してきた〈私〉であるが、東京にも「居場所」はなかった。そのような〈私〉にとって部屋とは、社会という拒否的で不可解な外界から、自分を隔離し保護する場所となる。

よく判る世界をわけの判らない理由で追い出される私は、もう一度よく判る世界にもぐり込むため、わけの判らない世界をさ迷うしかなかった。

不動産ワールドに行くしかなかった。

部屋を借りようとするときには、不動産屋へ行くのが一般的な方法だろう。〝お客様は神様です〟いう言葉もあるように、資本主義社会においては、ものを売る側よりも、お金を出す買い手側の方が、往々にして立場は強い。ところが、相手が不動産屋となると、事情が変わってくる。余程の資産を持つ者でない限り、借り手は、賃貸料金の支払い能力の有無や、物件に相応しい人物であるかどうか、不動産屋と物件の持ち主の、厳しい審査を受けなくはならない。職業、収入、年齢、性別、家族構成などといったプライベートな事柄、果ては性格や人間性までが、店晒しにされ、不躾に吟味される。そのとき不動産屋とは、〈私〉にとって、自分がいかに社会性に乏しい存在であるかが、暴かれ、突きつけられる場となるのだ。

しかし不動産屋は、〈私〉の世界と、社会という外の世界を繋ぐ接点でもある。ゆえに〈私〉は、不動産屋に行くしかなかった。テクストにおいて繰り返される、〈私〉と不動産屋との、部屋をめぐるやりとり。この描写の反復は、テクストにもうひとつの世界を生み出している。


——自営業者の方、難しいですよー。

——自営業者ですか、いえ、保証人さがあれば。

——自営なんですか、あああ、そうだったんですか。

——自営の方、あ、あのう三階のお部屋はもう決まりましたよ。

——すいませんここ学生限定です。

——勤め人限定です。

——一部上場企業男性独身者で留守がちの人という限定なんです。

——一流企業女性管理職のみ四十歳までです。友達少ない方。

……靴がぼろぼろになって風化してしまった。……………………。下を見ると地面はページを開いた住宅情報誌で埋まっている。……………………。

私は呆れはててその中で座り込んでしまう。少しずつその中に埋もれていく。私の体は縮んでしまうらしい。細かかった雑誌の活字がどんどん大きくなり、私はその上を蟻のように這って歩いている……。

部屋探しによって抽出された〈私〉に関する要素。そして暴かれる不動産屋という業種の実態とエゴ。それらの現実的な要素がテクストに暴かれ、突き詰められてゆく。〈私〉と不動産屋が突き詰められたとき、それらは異化され、もうひとつの世界が出現する。それは〈不動産ワールド〉という、超現実的であるがゆえに非現実的となった幻想世界である。〈私〉は現実世界と〈不動産ワールド〉を往還し、外の世界である社会と、何とか自我を保つことのできる幻想の密室とを行き来する流浪の民となってゆく。

……………。どこにも住みたくない。いや、どこも住みたくない。どこにも、の、に、を発音する余裕もないくらいに、まったく、どこも住みたくなかった。どこかに消えてしまいたいと思っていた。どこに行っても自分の居場所がなかった。

安易な帰属意識を持てない〈私〉は都市を彷徨うしかなく、〈体は小市民で、心は無頼派〉という状態になってゆく。部屋探しはやがて、〈私〉と社会の「居場所」をめぐる、静かな闘争になっていった。

この作品のタイトルは、「居場所もなかった」。〝居場所は〟ではなく、〝居場所も〟とすることによって、明言されない要素の存在を暗に示し、大いなる広がりを生みだしている。〈私〉になかったのは、住む部屋だけではない。「居場所」が象徴する、多くの社会性が欠如しているのである。「居場所」だけでなく、他にも何も無いのだ、〈私〉には。その欠如を抱えながらも、都市を彷徨い、社会から浮遊して生きてゆく様を、〈私〉の現実と、〈私〉の小説という二重構造の錯綜のうちに描いたテクストが、「居場所もなかった」なのではないだろうか。

（専修大学人文科学研究所特別研究員）

人形国家の起源——『硝子生命論』——山尾悠子

最初に言ってしまうが、すでに数多い笙野氏の著作のなかでも、もっとも初期の作風を別格として愛するファンである。進化し続けている最前線の作家に向かって、失礼な言い草だとは承知している。特に現時点では集大成的な最新傑作『金毘羅』の存在があるので、間抜けな発言にますます忸怩たるものがあるのだが、しかし個人的な出会いのタイミングというものにはどうにも無視し難いものがある訳で、私にとっては書店の新刊の棚で『なにもしてない』を見た時の、妙に後を引く印象がすべてを決定づけてしまったのかもしれない。そう思うことがある。

名前を聞いたことがない純文学作家の本、しかも地味そうなと漠然と思い、一度は前を通り過ぎたのだった。が、さてそれからというものの、どうも気になって気になって仕方がない。だってなにもしてないって、ナニモシテナイ、それはいったい誰のことですかね、などと数日ぶつくさ言いつづけ、終いに書店へと取って返すことになった。当時子育て休業中の人間だったので、世間的にはナニカシテイルと認知されていたのかもしれないが、本人的には紛うことなくナニモシテナイ人間だったのだ。——著者が学生時代のほぼ同時期に同じ土地の空気を吸っていたひとであることを知り、やがて傑作短篇「虚空人魚」に出会うに至って、おやこれは何やら同属のスメルと勝手に思った。「海獣」や「冬眠」のひたすら陰鬱な描写も好むところだ。その後、見る見るうちに巧みさと力強さを増していった多くの作品群には、むろんのこと瞠目しっぱなしであるが、やはり格別の思い入れがあるのは初期の頃の作である。著者初の連作長篇『硝子生命論』もそのひとつ。

それにしても、誇らしくも見事に名づけられた本であることよと、何度でも繰り返しそう思う——『硝子生命論』とは！　作者の精神の在りようが、高い旗のように掲げられた書名。

失踪した〈死体人形〉作家ヒヌマ・ユウヒとは誰か、何者なのか——彼女を巡る四篇の連作が、互いに補完しあいながら次第次第に観念の王国を形づくっていくさまは圧巻というよりなく、どのパートをもそれぞれに私は愛する。「第1章・硝子生命論」「第2章・水中雛幻想」「第3章・幻想建国序説」「第4章・人形暦元年」、こうして目次を書き写すことが快楽であるほどに。恋愛の対象としての人形、女の側からの人形愛がここでは扱われているが、高橋たか子の「人形愛」に見られるような官能性は注意深く排除され、現実（性差社会）への苦い絶望から出発して幻想国家の建国をめざすまでがきわめて構築的な精神をもって描かれている。

ところで、近作の『水晶内制度』が発表されている現在、『硝子生命論』が笙野式幻想国家あるいは女人国幻想の起源的作品であることはすでに明らかになっている。よもや別作品でユウヒや無性（『硝子』の語り手である〈私〉の名）に再会することになるとは、思ってもみなかった読者も多いのではなかろうか。（女人国家ウラミズモを舞台とする『水晶内制度』では、小説「ガラス生命論」は建国者にインスピレーションを与えた本として登場し、作者の無性は何と建国功労者とされているのだ！）——猥雑さをも合わせ孕んだ豊穣多産な女人国ウラミズモ、そこへ流れ出していく大河の水源地として『硝子生命論』の位置が確定している現在、あとはこの水源がいかに純粋な透明さを湛えているか、その味わいがいかに無垢であるかをじっくり歎賞すればいいだけだという気もする。人形に託された幾つもの物悲しい物語を、子守唄のように聞きながら。

……遠い昔、男に絶望した女達が男達に形だけは似せた人形を作った。人形達は男達に似てはいけないので全て生まれながらに予め殺されていた。が、どこかに人形を人形のままで生かして、女を蔑まず、虐げない新しい生命体を作り出す女神が存在すると聞いて、ある日何人かの人形を愛する女達が船出をした。船には生贄の羊が積まれていた。羊の血は前の世界を殺した事を意味していた。女達はなにもかもを捨ててきたために神に会う事が出来た。（略）

味わいとは、たとえば文章。過去形の文末が連なっていくことの多い、固い印象の初期笙野文体を私は好もしく思う者だが、特に『硝子』の前半部、綿密にして足が地に付いた描写体の文章と観念性との相性のよさはどうだろう。観念的でいながら具体的な手触りを持つユウヒの造形に、私などは作者と実在の創作人形作家との交流が本当にあったのではとつい妄想してしまったほどだ。（後になって笙野氏のエッセイを読んだところ、単に四谷シモンの教室の人形展を見て、ということらしい。なるほど言われてみれば、〈本物のアンモナイトを額に埋め込んだ少年人形〉の描写はシモンドールだ。）あるいはまた、散文詩のように美しく印象的な文章――〈生きていた、そして死んでしまった硝子を見た事がある。〉〈死体人形を所有したがる者達の心の中で際限なく割れ続けるそれらの硝子は、かき曇り汚れ果てどろどろになり、内臓よりももっと激しい腐敗感覚に満たされ、そのくせ、冷たく、臭わなかった。かつてはガーネットのようであった血液を乾隆硝子の紅を帯びた黒血と化し、硬化して半透明になり曇りにまみれた硝子の死肌を形成した。〉――大雨の日、〈私〉がヒヌマ・ユウヒ死体人形展を訪れた折に近くの換気扇から吹き寄せてきた「激しい、チャーシューのたれの匂いと熱気」などをも点綴しつつ、〈私〉とユウヒとの交友は細やかな口調で語られていく。そして――

連作第三章冒頭、〈記憶の中のそこは、上京区と北区の境にあるK通りの、少し歩けば鴨川に出るというあたり〉――ああそこなら私ノ記憶ノ中ニモアルとつい思ってしまう――ユウヒの顧客のひとり、紫明夫人がユウヒを偲ぶ会を催すために入念に選定した場所のことだ。連作のここに至って、にわかに緊迫したストーリーが動き始める訳だが、そのきっかけは開国神話の起源となる場所として聖地京都が選ばれた瞬間だったのではないか、そのようにすら思う。ユウヒの注文制作品として前半部で紹介された人形の中ではもっとも強烈な印象を与える「ミート皿」オーナー紫明夫人の「異様にはきはきした京都弁」、次第に若い猫のイメージへと変身していくみゆと金花、「仮面の人」電気仔羊など、これほど見事な物語人物たちを躍動させることは書き手にとっても初めて、という勢いがこの章には漲っているような気がする。その名もレディスホテル〈硝子の館〉へと場を移し、幻想的殺人事件の場面へと強引に空間を変質させていく作者の手並みは大変な力技で、これならば確かにユウヒは戻ってくる。犠牲の仔羊を人柱とし、〈あの方〉としか呼びようのない存在と化して。

殺人の翌朝、ドアを開けた〈私〉が直面する「目も眩むような光」「世界を満たす真っ白な光」のように純粋に美しい小説場面を私は他に知らない。そして、小説としては短く祈祷文としては長い終章を読み終えたのち、胸に残るのは絶望しつつなお切なく憧れる感情、一冊の本と化して瞑目した〈私〉の蒼褪めて美しい顔のイメージである。

（作家）

『レストレス・ドリーム』――言葉のカオス、メタ・フィクションの格闘――遠藤郁子

同じ二百ページの小説でも、すぐに読み終わる作品もあれば、時間をかけてやっと読み終わる作品もある。『レストレス・ドリーム』（河出書房新社、94・2）は、どちらかというと後者に属する小説なのではないだろうか。この小説は、二百ページの中に言葉がぎっしりと詰まっていて、読む者を圧倒する。『レストレス・ドリーム』の作品世界は、言葉が脅威的なまでに氾濫する世界といえるかもしれない。

この作品の比類のない特色を三つ指摘できる。一つはこれほど徹底して夢の世界が日本文学で描かれたことが、短編を別として長編では稀だった。次にその記述が、既成の小説の文章観を戦闘的に覆す文である点。そして三つ目は、いわゆるフェミニズム思潮を、きわめてラジカルなレベルでくぐり抜けた（ひょっとしたら追い抜いた）作品だという点である。（清水良典「言語国家と『私』の戦争」『レストレス・ドリーム』河出文芸文庫、96・2）

この作品に関しては、すでに以上のような指摘がある。非常に的を射た指摘であり、いまこの意見に異を唱える必要は感じない。私はここで、また別の視点から、この作品の魅力について考えてみたい。作品のメタ構造についてである。

『レストレス・ドリーム』に描かれているのは、現実を侵蝕する悪夢世界である。〈私〉は同じ悪夢を見続け、

それをワープロで〈夢日記〉に付けては、また同じ悪夢のなかに入っていく。現実は悪夢に侵蝕され、現実と夢の境目はあいまいになってしまっている。その悪夢世界には、〈パソコン通信を利用して多人数で行うゲームのように〉、複数の〈夢見人〉が出入りする一方で、〈その世界の生え抜きの住人〉がいる。〈生え抜き〉たちは実はゾンビであり、〈夢見人〉をリンチし殺戮することを楽しみとしている。〈夢見人〉にとって、夢の中の死はそのまま現実の死を意味する。それが悪夢の筋書きだ。〈私〉は、そんな悪夢の世界に紛れ込んだ〈夢見人〉の一人であり、ゾンビたちとの死闘を繰り返している。この格闘に勝ち残ることができなければ、〈私〉には現実の死が待っている。それは、自身の生命を賭けた、文字どおりの死闘である。

夢の世界では、〈私〉は桃木跳蛇という名前で、性別は〈女〉ということになっている。悪夢世界は〈オットコッ、オンナッ、オットコ、オンナ、オートコ、オーンナ、オトコニオンナ〉という歪んだリズムを刻みながら、跳蛇に対し、男―女の二元論に支配された言葉による攻撃をしかけてくる。跳蛇は悪夢世界の攻撃に対し、その言葉を解体し、攻撃を無効化することで対抗する。

この言葉による攻防の過程こそが、『レストレス・ドリーム』の作品世界の核となっている。まず、〈馬鹿女の落ちる地獄〉に落とされた跳蛇は、襲いかかってくる〈馬鹿女〉という言葉を〈ばかおんな〉↓〈バカオンナ〉↓〈バカ〉と〈オンナ〉へと解体することで防戦し、続くゾンビたちとの戦いでは、ゾンビたちの言葉を、すべて〈不毛な言葉の羅列〉に変換することで対抗する。次に、王子の願望どおりに変形するアニマと戦い、悪夢世界を支配する〈大寺院〉が送り込んだ〈美しい御婦人方〉〈日本の三十代のおっかあ達〉〈母系先祖達〉を倒し、王子との直接対決を制し、悪夢世界を破壊する。

こうして見ていくと分かるように、跳蛇の敵は、〈女〉を取り巻く共同悪夢そのものの現実、男―女という二元論の歪んだリズムに支配されている現実社会なのである。作中には、その呪縛の象徴として、シンデレラ物語が登場する。可憐で控えめで女らしいシンデレラが、王子に選ばれて幸せになるというシンデレラ物語は、〈女〉はみなシンデレラであれという歪んだ規範を〈女〉に押し付け、シンデレラへの変形を強要する。跳蛇の戦いは、言葉を一語一語解体していくことによって、この〈女〉を抑圧する物語を無効化しようとしている。跳蛇はシンデレラではなくサイボーグに変身し、社会の歪んだ規範からの解放を求めて戦う。そして最終的には、そうした歪んだ規範などとは無関係に、なおかつ〈私は女である〉という宣言に辿り着く。この高らかな勝利の宣言で、ゲーム・エンドである。

しかし、作品は跳蛇のこの勝利の宣言では終わらない。なぜなら、跳蛇の戦いと二重に進行していたもう一つの戦いの決着が、まだついていないからである。この戦いの決着がつかなくては、完全な勝利とはいえない。それは、跳蛇とともに戦う〈私〉の戦いのことである。悪夢世界が現実を侵蝕していくなかで、〈私〉は跳蛇の戦いの最中、ワープロの中に閉じ込められ、ワープロ・ゲーム〈レストレス・ワールド〉をしている設定になっている。そのゲームのキャラクターが跳蛇であり、〈私〉は跳蛇のメタ・レベルにたち、ワープロ画面上の跳蛇に向けられた、言葉によるゾンビの攻撃に対し、〈ゲームの規則の通りに言葉を変換して行かなくてはならない〉。

このゲームのルールは、〈女という単語をゴリラという単語に、あるいは部下、を表す言葉に〉、〈愛を死ね、またはうんこ、死ねうんこ〉に、という具合に〈出来るだけ訳の判らない滅茶苦茶な単語に換えて〉いくというものだ。〈私〉はこのルールに則り、言葉を変換し解体する。ゾンビたちは訳の判らない悪夢世界の世界観を一方的に語り、〈私〉はそんなゾンビたちの言葉をひたすら解体しようとする。〈出来るだけ訳の判らない〉〈滅茶苦茶〉なものが目指されるわけだから、そこで飛び交う言葉の応酬は、コミュニケーションとして、まったく成立していない。この戦闘シーンでは、基本的に、そのような意味をなさない〈不毛な言葉の羅列〉が繰り返されるしかない。その意味で、この戦闘シーンの描写は、言語ゲームとしては、読んでいてそれほど楽しいものにはならない。しかし、それでもこの言葉による格闘は、凄まじいの一語である。それは、〈私〉の格闘が、単なるゲームではなく、この作品自体が生み出される現場で起こっている格闘と、直接に関わるものだからだろう。

本来、〈私〉がワープロを駆使して紡ぐべきは、跳蛇の物語であろう。しかし、跳蛇の戦いを通して描かれるディスコミュニケーション状態の言葉の応酬が、実際に作中に描き出しているのは、言葉のカオスとでもいうべき情景である。その情景は、作中で〈私〉が閉じ込められているとされているワープロの中のイメージに、どこか似てはいないだろうか。ワープロのキーを打つと、画面には文字が現れ言葉が構成される。それは、ワープロの中で未分化なまま眠っている言葉の中から、必要な言葉を構成して取り出すような行為なのかもしれない。だとすると、ワープロの中は、未分化な言葉がつまった、まさに言葉のカオスなのではないか。

跳蛇の戦いの間、ワープロの中に閉じ込められていた〈私〉は、跳蛇を勝利へと導くことで〈初めてワープロの外に出〉るにいたる。しかし、出てきたのは生身の人間ではなく、〈私という文字〉である。これまでの格闘は、すべてこの〈私という文字〉の生成のためにあったと考えることもできよう。果てしない言葉のカオスの中から、さまざまな格闘を経て〈私という文字〉が誕生する瞬間、その瞬間こそ、この『レストレス・ドリーム』という作品が誕生する瞬間でもあるのではないか。ワープロの外に出た〈私〉は、横たわっている〈跳蛇そっくりの女性〉を発見する。このラストによって、これまで跳蛇のメタ・レベルにいると思われた〈私〉の位置は一気に反転させられ、作品はさらに不安定な重層構造の中へと投げ出されてしまう。『レストレス・ドリーム』は、このような重層的な格闘空間を創出することによって、作品世界の奥行きを増しているのだ。（専修大学非常勤講師）

サイボーグからハイブリッド神へ——巽 孝之

——笙野頼子『レストレス・ドリーム』——

笙野頼子の文学に出会ったのは一九九三年に刊行された『硝子生命論』が初めてだったから、そうむかしのことではない。作家のデビュー後すでに十年ほども経た時点である。だが、これは幸せな出会いだった。というのは、それに二年ほど先立つ一九九一年、わたし自身が本邦初紹介と翻訳出版に尽力したイギリスのナノテク系耽美SF作家リチャード・コールダーの短編集『蠱惑』（浅倉久志訳、トレヴィル、91。絶版）に見られる人形愛が、『硝子生命論』のひとつのヒントになり、それを批判的に受容したことを、彼女は言明しているからである（笙野頼子「人形爆弾と硝子生命」「太陽」93・11）。

まったく同じころ、一九九一年には、北米を代表するポストモダン批評家ラリイ・マキャフリイが高度資本主義以後の時代において前衛文学と通俗文学の垣根が崩れ去っている現象を「アヴァン・ポップ」と命名し、九五年には日本側編訳になる著書『アヴァン・ポップ』（筑摩書房）を出版、それに合わせて来日した彼は笙野頼子と運命的な出会いを遂げている。そう、アヴァン・ポップという枠組みならば、SFや耽美文学、マジック・リアリズムからスリップストリームまで、笙野頼子が貪欲に交錯させてきた文学空間を十二分に保証できるからである。九〇年代前半は、彼女が「二百回忌」「タイムスリップ・コンビナート」で三島賞、芥川賞など主要文学賞を獲得するとともに、自身の理論的骨格を確認していく重要な時期であった。

当時の決定的作品こそは、作者がこれを書くのに三〇代の大半をかけたと言う九四年の連作長編『レストレス・ドリーム』である。全体は「レストレス・ドリーム」「レストレス・ゲーム」「レストレス・ワールド」「レストレス・エンド」の四章構成。語り手は、夢の中でRPGめいた大冒険をくりひろげる女性ゲームファイター・桃木跳蛇。彼女は夢の中でワープロを打っているのか、ワープロを打ちながら夢を見ているのか、伴然としない。しかも奇怪なことに、ヒロインはワープロと一心同体のサイボーグと化してしまっているらしい。

笙野頼子のテクストでサイボーグ的存在が特権化されることは、珍しくない。けれども『レストレス・ドリーム』では、それまでサイボーグ的存在を描写する立場にいた語り手自身がサイボーグ化する。全身の皮膚は銀色の鱗で、残りは素通しの硝子状のものでおおわれ、心臓にはメトロノームが埋めこまれたサイボーグ・ドラマー。機械と人間の合体というよりは〈動物に機械の知性を接続して作られた存在〉。

ここで重要なのは、そうしたサイボーグ化が〈命が危険になる思考を続行させるための、思考を守る殻のような役割をも果たしていた〉ことだろう。こうした指向性をいちはやく洞察した清水良典の先覚的笙野頼子論「聖域をただよう『私』」は、笙野文学とダナ・ハラウェイのサイボーグ・フェミニズムとのあいだの類縁性を見抜いてみせた（「群像」92・10）。ただし笙野的サイボーグの特質は、それがたとえばブレードランナー型レプリカントでもなければシュワルツェネッガー的ターミネーターでもない、決してきれいでもカッコよくもない、異種混淆の俗悪趣味に求められる。こうしたグロテスクきわまる俗悪美学の次元においてのみ、笙野的フリークスの破壊力は笙野的サイボーグの中で最大限に増幅される。

したがって、『レストレス・ドリーム』の舞台に、俗悪地獄を絵に描いたようなもうひとつの逆説的極楽〈スプラッタシティ〉が選ばれたのは、当然だった。正方形の市街が東西四十キロ南北四十キロ続く何の変哲もない観光都市だが、その正体は、都市の中核を成す大寺院から殺人用サイボーグ・カラスが大量非来するような、夢の中の虐殺のためだけに造られた街。原住民として無数のゾンビがおり、連中は夢見人を徹底的にいたぶり、あわよくば殺害して夢の住民すなわち新たなるゾンビとして転生させるべく、虎視眈々とチャンスを窺う。

夢中都市の構造としては、ボルヘスや山尾悠子の諸作はもちろん、筒井康隆の『パプリカ』(93)や野阿梓の『黄昏郷』(94)ともシンクロしているように見えるが、ただし笙野頼子の独自性は、そんな世界で主人公が言語だけで造られた階段世界をさすらい、白人女性の姿をしたアニマや翁童的風貌の王子、タスキ掛け和服姿で竹ボウキ状刃物やスケート靴状の草履凶器で武装した若妻など、多様なゾンビと対決していくという演出において示される。とりわけこの〈頑固親父のよう〉とも形容される若妻ゾンビの俗悪趣味ときたら、そのすがたもさることながら何よりもその言葉に洸揮されるため、ヒロインと桃木跳蛇の会話は、スカトロジーすら辞さない。

たとえば、前者が〈母です子供ですっ、私達女は愛平和民主主義ですっ〉と叫べば、後者は〈不妊です出来ても産めません要りません人口爆発ですっ。みんな死んでしまえ。私達ゴリラはうんこ投げが趣味ですっ〉と返し、さらに前者が〈産んでついに知る女の喜びっ。馬鹿女はだまれっ〉と応酬するという具合。これはもちろん、家父長制の権化たる若妻ゾンビとフェミニスト的主人公とのやりとりとして楽しむことができるが、いちばん留意したいのは、ここで前者による後者への罵倒語として〈馬鹿女〉なるキーワードが出現していることだ。スーザン・シップルのフェミニズム的バフチン再評価を援用するなら、不況時代の馬鹿女は何も生産せず出産もしない不妊女に徹すること、すなわち社会的逸脱者を徹頭徹尾演じ切ることが要求される。もう何も失うもののない馬鹿女がなおも闘争を続けるとすれば、まさしくそんな世紀末主体の俗悪性が世紀末都市自体の俗悪性と構造的に連関しあっていることを誇張し続けるほかに道はない。

だからこそ、『レストレス・ドリーム』最終作「レストレス・エンド」の魔鏡マンダラ・ゲームにおいて、スプラッタシティの不穏きわまる地獄篇世界が世紀末日本自体への最も悪辣な扉評をなす場面が、何よりも蠱惑的に映るのだ。ダンテ風タマネギ世界内部にエッシャー的階段を幻視する笙野頼子は、けっきょく有機的自然と見える風景がすべて高度資本主義的疑似現実の螺旋地獄であり、そうした夢中地獄の囚人／ゾンビがもともとは現実社会に生きる建設者／夢見人でもあるような無限循環を、華麗にして暴力的な筆致で描く。自分の作り出したテクノロジーが自分自身を捕虜にしかねない自己矛盾構造、それが主題なのである。

このことを検証するには、ゾンビ大量生産の政治学を半映するかのように、たとえゴミが存在しなくても――ゴミは生命と消費の象徴であるため――偽りのゴミを出す場面へ目をやればよい。〈そのゴミの出し方も……ただ華道や茶道のような煩雑な形式だけが自己増殖して、生活とはかけ離れた様相を呈している。……出すためのゴミは必ず指定されたスプラッタシティのゴミ販売店で買わなくてはならなかった〉（第二章）。

世紀末日本においては、ゴミを出す行為さえ、伝統芸能と同じスノビズムと化す。ヘーゲル学者アレクサンドル・コジェーヴの日本的伝統芸能観に一見忠実に立脚するようでいながら、ここで笙野頼子は最終的にコジェーヴの意図しなかったジャンクにすら様式美を見出し、いわゆるジャパネスク哲学を悪意を込めつつ茶化す。

かくして二十一世紀に入った笙野作品はますますパワーを増し、女性的戦略としての異種混淆の方角より国家的神話体系そのものを脱構築しようとする『水晶内制度』（03）でひとつの頂点をきわめた。その方向がますます独自の文学思想へ結実し、二〇世紀的サイボーグから二十一世紀的ハイブリッドへの道を突進していることは、続く『金毘羅』（04）に読まれる以下の宣言において明らかだろう――〈我は幸いなり、我は金毘羅、ハイブリッド神にしてアヴァン・ポップ！〉（二四〇頁）

（慶應義塾大学教授・アメリカ文学専攻）

「二百回忌」論——上昇する現実の水位——佐藤秀明

被害をことさらに言い立てるのは品のないことだ、という意識が私の中にはある。実際的な場においては、直接的間接的加害者や第三者に被害を伝えるということはある。そのとき生じるためらいが、莫迦な自己抑制とは思えないのだが、時代の風潮は、ためらいのない大仰な身振りに耳を傾ける方向に流れている。

笙野頼子の文学的価値を早くに発見し、その称揚に努めてきた清水良典は、すぐれた笙野論である「沸騰する石／疾走する烏賊」（『笙野頼子　虚空の戦士』河出書房新社、02・4）で次のように言う。

徹底的に「社会的にも性的にも死者に等しい」人物を起点に取ること。一個の存在がなにひとつ祝福されず、罵倒や嫌悪でしか報われない呪われた基点から、逆に社会と性の虚構を眺め返すこと。絶望のほころびから言葉の体系を裏返して転覆させること。——そこに笙野文学の「幻想的」とか「実験的」などと軽はずみに評される方法の、切実な根拠がある。

清水良典はこの論文で〈沸騰する石として、疾走する烏賊として、笙野は世界の構造を覆すために書き、自分の世界を創世するために書く〉と言うように、笙野が〈幻視し〉〈記述〉すること自体を強調していて、けっして負の〈切実な根拠〉＝何ものからかもたらされる〝被害〟を特別に重視しているわけではない。しかし、笙野の文学を、その〈切実な根拠〉から発する〈不穏に不埒に泳ぎつづける〉文学と捉えているのはまぎれもない。

私の素朴な感触では、はたしてそうだろうかという疑問が湧く。笙野頼子の文学を、私の感性の枠に入れて程よく品のよい作品として捉え返そうとするのではない。〈罵倒や嫌悪でしか報われない呪われた基点〉から出発しているとしても、そのことと笙野文学の価値との間には径庭があることを明確にしたいのである。それと、〝社会的に抑圧された人の叫び〟のような、それゆえに世間に受け入れやすい形式に陥る可能性も慎重に排除している点を見ておきたいのである。

単行本『二百回忌』に収められた「ふるえるふるさと」（「海燕」93・1）に、〈――ええか。みんな。ケーキを分数で考えたらええ、ケーキ三人で分ける。獅子舞を十人で分ける。分けたら死んでしまうけど算数やで死なへん〉という教師の台詞がある。前後の文脈から切断したこの引用だけで、一部の生徒の強圧的な教師に対する嫌悪や軽蔑が窺われるところだが、しかしここには、何ともばかばかしいユーモアが噴出しているのを否定できない。方言によって台詞が生きていて、あたかも作者の記憶から引きずり出された肉声のようにも読める。そこに思考の粗雑な教師の巧まざるおかしみが生じていて、嫌悪や軽蔑のほかに、今となっては愛すべき懐旧の念さえ立ち上ってくるようなのである。もう少し現実的な台詞として、〈――それにしても、おたくのようなこういう家やからな、ザイバツやでこのあたりではザイバツやで〉というのを引いてもよい。笙野頼子の小説には、一見相反するようで矛盾しない、奇妙に両価的な感情の文が小説の稜線を形作っているように思う。

さて「二百回忌」（「新潮」93・12）では、その名のとおり遠い死者の法事が、奇妙奇天烈な仕方で行われる。冠婚葬祭の中でも結婚式と葬式は目的が明確なので、〝しきたり〟や〝心得〟はその目的に沿っている。ところが法事となると、感情を拘束する目的の力が弱まるせいか、自由な〝解釈〟が入り込みやすい。作者の慧眼は、一族が集まる儀式の中でも、独自なしきたりが混じる法事を取り上げたところにある。だいたい「二百回忌」という途方もない数字が、おかしみを誘うフィクションかと思われがちだが、歴史上著名な人の二百回忌という遠忌供養が行われた記録は実は枚挙にいとまがない。赤い喪服に赤いバッグと靴で参列し、仏前に供える現金を入れる袋も赤と金の色で、朱墨で名前を書き、〈全てをめでたくし、普段と違う状態にしなくてはならない〉という奇妙な風習も、現実にありえない話ではないように思えてくる。私の妻の実家がある北信濃では、七回忌のときに、厳格ではないが黒い式服を着なかったり黒いネクタイを締めなかったりする。近所に住む遠縁の初老の女性から「本日はおめでとうございます」と挨拶されたときには、さすがに耳を疑い痴呆を疑ったが、これもしきたりどおりの挨拶で、法要のあとの「お斎」では〈めでためでたの若松様で〉という歌まで出た。ましてや二百回忌である。何が起こっても不思議ではないという気にさせられる。

小説の書き出しは、〈私の父方の家では二百回忌の時、死んだ身内もゆかりの人々も皆蘇ってきて法事に出る〉というもので、ここには最初から読者の現実との異次元性が際立っている。「二百回忌」には、異質性を孕みながらも読者の現実と地続きである法事のしきたりと、時空の限定性そのものが混乱している夢幻性とが、やはり小説の稜線を形作っていて、話はその稜線を辿ることで進んで行く。したがって、赤いストッキングをはいただけで猫が発情し、突然妊娠して子猫の鳴き声が起こっても不思議ではないし、東京の中野から〈ナラとミエの県境〉のカニデシ駅まで行くのに、日が二度沈み二度昇って今日中に着くというのも頷けてしまう。

このように「二百回忌」は、最初から驚異的現実が常態の審級を作っているのだが、それがさらに一段進んだ審級に突入するのを見ておかねばならない。それは、本家の若当主の姉であるカカコさんが、分家への不満を口にし、〈普段の事〉をしたというので鳥にされてしまったあたりから始まる。法事のしきたりが、さらに鋭角的に夢幻性に傾くのである。二百回忌のために造られた八方にウィングを延ばした家に、消化器のようなもので白い泡がかけられると、家の皮がむけて蒲鉾や薩摩揚げが出現する。人々は競い合って家の蒲鉾を食べ始め、センボンと名乗る〈私〉〈〈センボン〉という名は「説教師カニバットと百人の危ない美女」の八百木千本、「渋谷色浅川」の沢野千本に共通している〉に言い寄る親類の男は、蒲鉾の中に投げ込まれて、豆粒のようになって蒲鉾を食い進む。家や財産を蕩尽しなければならないというしきたりが、第二の審級に突入してカーニバル的な狂騒をもたらすのだが、このエネルギーに対抗するためには熱狂的な参加の意志がなければ、はじき出されるか豆粒のようにされてしまうしかないだろう。それまで大人しく振る舞っていたセンボンも、のしのしと歩き回り〈―わあるい男はおらんか、わーるい男はおらんか、だあれかヤヨイと呼んでみろよっ、蒲鉾のどまん中に放り込んでまうぞお〉と怒鳴って、いつの間にか二百回忌の狂騒に参加しているのである。清水良典が言う〈罵倒や嫌悪でしか報われない呪われた基点〉があるにしても、この作品の頂点では、それが消滅してしまうのである。初めに抱いていた死んだ祖母に会いたいという動機は、奇妙にはぐらかされ、親と縁を切った冷たい感情もどこかに消え失せて、センボンは熱狂の渦に巻き込まれている。

「二百回忌」の小説としてのうまさは、石原慎太郎が〈エンディングの最後の最後の二行なぞはいかにも人を食っていて、したたかである〉（三島賞選評「夢の魅力」「新潮」94・7）と評したところに表れている。〈それからも時々、買い置きのケシゴムが全部蒲鉾になるという程度の事は起こった〉というのがそこだが、この平静な感じは、しかし狂騒的祝祭が去ったあとでも、現実の水位が上がっているのを表している。この一文の小技は圧倒的で、この一文で夢になぞらえる非現実的な二百回忌が、テクストでは確実に起こったこととして定着してしまう。読者が、蒲鉾に変身した消しゴムの確かな手応えを覚えてしまったとき、読者の現実の水位も確実に上がっているのを知るのだ。そしてそれこそが、小説の力であることも知る。

（近畿大学教授）

『二百回忌』――里離れのための里帰り――

南　雄太

一九九四年度第七回三島由紀夫賞を受賞した表題作「二百回忌」（93）をはじめ「大地の黴」（92）「アケボノノ帯」（94）「ふるえるふるさと」（93）の四編を収録した短編集。清水良典は『笙野頼子　虚空の戦士』（04）のなかで、これらの収録作に共通するのは〈因習や血縁のしがらみに満ちた郷里への確執を、私的なこだわりからさらに突き放して戯画的に、幻想的に、またシュールに、あるいはブラック・ユーモラスに作品化している点である〉と述べているが、確かにこの『二百回忌』を通読してみると収録された各短編の基調には、どれも主人公たちが持つ〈郷里〉という場に対する〈あるいはその〈郷里〉で過ごした思春期における〉「暗い」記憶が流れていることがわかる。例えば、巻頭に収録された「大地の黴」では、主人公である〈私〉が両親の過度の期待に重圧を感じながら過ごした息苦しい高校時代の記憶が語られる。また「ふるえるふるさと」（93）では、主人公〈私〉の一家は、〈ザイバツ〉という都会から越してきた余所者の蔑称で呼ばれ近所の住人からの不当な干渉に悩まされている。このように『二百回忌』収録作はどれも〈郷里〉をめぐる主人公たちの〈私的なこだわり〉から出発しているのだが、これらの短編が持つ最大の特質は、清水が言うように、こうした〈郷里〉に対する〈こだわり〉を〈さらに突き放して戯画的に、幻想的に、またシュールに、あるいはブラック・ユーモラスに作品化している点〉にあると見てよいだろう。

笙野頼子の作風が〈幻想的〉で〈シュール〉であるのは、この『二百回忌』に限らずデビュー当初から一貫しているると思われるが、『二百回忌』において〈シュール〉で〈幻想的〉な光景を描く笙野の筆はいつもにも増していっそう冴え渡っているように見受けられる。「大地の黴」では竜の骨が歌いながら踊り出し、「二百回忌」では時間が歪み死者が蘇り、「ふるえるふるさと」では透明な蛇の大群が世界を覆う……。このように『二百回忌』に見られる〈シュール〉な現象を挙げていけばきりがないのだが、しかし、笙野は如何なる意図を込めてこうした夢とも幻想ともつかない光景を描き続けているのか。この点に関して野谷文昭は一九九七年六月の「文学界」に掲載された「笙野頼子論――マジックとリアリズムのはざまで」のなかで、笙野が〈この作家特有の幻視空間〉にこだわるのは〈日常的には見えない制度、社会の仕組みを暴き、可視化する〉手段であると述べているが、こうした野谷の見解を踏まえてみれば、〈郷里〉という場を徹底的に〈シュール〉で〈ブラック・ユーモラス〉に描き出したとされるこの『二百回忌』は、〈郷里〉を巡る個人的な記憶を〈幻視空間〉のなかに解き放つことで、記憶のなかに混在する〈見えない制度〉の痕跡を見据え、かつそれを粉砕しようとする意図のもとに書かれた作品と言うことが可能なのではないか。

実際、表題作である「二百回忌」は、笙野のこうした意図が鮮明に表れた作品であると思われる。〈私の父方の家では二百回忌の時、死んだ身内もゆかりの人々も皆蘇ってきて法事に出る〉という衝撃的な一文で始まる本作は、文字通り主人公の〈私〉がこの死者が蘇ってくるという荒唐無稽な法事である〈二百回忌〉に立ち会う物語である。ある日〈私〉のもとに〈二百回忌〉の開催を告げる〈金の太陽に烏を黒く抜いた紋の入った真っ赤な封筒〉が届く。〈私〉は〈二百回忌〉の仕来りに従い〈真っ赤な喪服〉を着て本家のある〈ナラとミエの県境のカニデシという駅〉に向かうのだが、〈法事の間だけ時間が二百年分混じりあって〉しまうという本家屋敷内は、まさしく科学的常識が通じないカーニバル空間であった。そこでは、生者と死者が等しく共存し、また突然人間が動物に変わるかと思えば、さらには二百回忌用に急遽増設された家は、薬品をかけると蒲鉾へと変質してしまう。そして、格式ばかりを重んじる〈家風に反感を覚えたせいもあって、随分早くから郷里を出て〉しまったという〈私〉もまた、この奇想天外な法事の渦中で、じょじょに理性の束縛から解放され熱狂に身を任せていく。

清水良典は「二百回忌」における笙野の試みを、〈地誌的なレベルの具体性を超えて、《郷里的》なるもの――血も記憶も言語も思考も、すべてを生きながら死者のように縛っている呪いのような共同体の力――に対する全面戦争〉(前掲)と評しているが、この〈二百回忌〉が、死者/生者、血族/他者、男/女、言語/非言語といったあらゆる境界が消滅するボーダレスな時空間であったことに鑑みれば、ここで笙野が〈地誌的なレベル〉での〈郷里〉を超えて、性差、権力、言語システムといった人間存在全般にとっての〈《郷里的》なるもの〉を撃とうとしていることはもはや明らかだ。笙野は『言葉の冒険、脳内の戦い』(95)のなかで〈先祖の法事に死者が蘇って来て一緒に踊りまくるという設定の表題作〉は、〈死者を悼み身内と親しむ中に必ず入り込んでこようとする陰湿な制度への反感〉を〈表わしている〉と述べているが、こうして見ると〈《郷里的》なるもの〉との闘争とはまさしく、(先にも述べたように)人間に内面化された様々な「制度」の構造に照明をあて、かつその構造を解体する作業と同義であると言えよう。

このように「二百回忌」をはじめとする各短編を綴る笙野の筆は、個人的な〈郷里〉を超えて、性差、権力、言語システムといった人類全般にとっての〈《郷里的》なるもの〉への抵抗へと向かっていくのだが、その抵抗の延長として、本作のなかではそれら〈《郷里的》なるもの〉の起源に関わる物語である「神話」もまた攻撃の対象となっている。なかでも「アケボノノ帯」はこうした「神話」に対する批判というモチーフを前面に押し出した作品であると言えよう。「アケボノノ帯」では、小学校のとき教室内で排泄してしまったために、永遠に排泄を義務付けられた精霊となってしまった〈龍子〉という少女の霊が〈私〉の夢に現れ、〈私〉に憑依しようと迫ってくるのだが、この〈龍子〉という少女の名が、自然神である「龍神」を意識したものであるのは間違いない。そして夢の中で〈龍子〉が〈私〉に語る話の内容も、排泄は大地を肥やすための神聖な行為であり、そのことを自覚しつつ教室内で排泄のタブーを犯した自分こそ、大地の精霊に相応しい存在であるといった自己の神話化を目指したものである。しかし〈私〉は〈龍子がしたことはただの粗相なのだ〉〈彼女の喋っている事は、物語、というよりただのこじつけか妄想に近いものであった〉として彼女の行為を神聖なものだと認めようとしない。つまり、この「アケボノノ帯」では、〈私〉と〈龍子〉の対話を通して宗教的な起源神話が相対化され、「神話」というものがある種の〈こじつけ〉のうえに捏造された、いかに無根拠なものであるかが暴露されているのだ。

こうして見ると『二百回忌』における笙野の分身と思われる主人公〈私〉たちの〈郷里〉への帰省は総じて、自分の記憶のなかにある原風景を見つめ直し、そこに巣食う《郷里的》なるもの〉（＝共同体的規範）の構造を暴き、解体するための帰省であったと言えるのではないか。言わばそれは「里離れのための里帰り」とでも呼べるものだったのかもしれない。ただし、このように「里離れのための里帰り」を終えてもなお、笙野の描く〈私〉たちと〈《郷里的》なるもの〉との闘いは続いているものと思われる。「二百回忌」の〈私〉は話の最後で東京のアパートに戻って来る。しかし、〈私〉にとっては、都市もまた安息の場所とはならないだろう。なぜなら、一見フラットに見える都市もまた、その背後では差別や階層意識といった〈《郷里的》なるもの〉が交錯する場であるからだ。『東京妖怪浮遊』（98）や『渋谷色浅川』（01）に収められた都市に取材した作品群は、まさしく笙野とこうした都市に巣食う〈《郷里的》なるもの〉の闘争の記録として見ることができよう。

（専修大学大学院生）

時は滑り海の記憶が甦る――「タイムスリップ・コンビナート」――

勝原晴希

あれは上京したてのころだから、一九七一年のことになる。井の頭線東松原駅に下宿を見つけたわたしはある日、渋谷駅に出て地下鉄銀座線に乗り換えようと、雑踏の中を歩く人を捉まえて駅はどこにあるのかと聞いた。するとその人は、地下鉄銀座線渋谷駅は階段をさらに上った三階にあると、言う。地下鉄の駅が三階にあるわけないだろう。田舎者を馬鹿にするのかと怒ったのだが、本当に三階にあった（今でもある）。それから十年ほどして、地下鉄東西線の行徳駅に住んでいたころには、その電車は地下鉄でありながらいつの間にか地上を走り鉄橋で河を跨ぐのだった（夏の風が心地よかった）。

まったく東京というところは、おかしなところだ。現在のわたしは勤め先に行くのに小田急線で表参道という駅まで行き、そこで乗り換えるのだが、この、表参道から乗る電車は、半蔵門線でありながら新玉川線であり田園都市線なのだ（数年前に新玉川線は消滅したが）。それから、これはつい先日のことだ、小田急線のとある駅近くで踏切事故が起こり、乗っていた電車の運行のめどが立たなくなった。しばらくして動き出したのだが、多摩急行我孫子行に乗ったはずなのに、この電車は新宿行だとアナウンスがある。動いては止まり、動いては止まりして、今度は代々木上原行だと言っている。しばらくして我孫子行に戻ったかと思うと、また新宿行だとか言っている。現実がそのまま、悪夢だ。ミステリートレインというのは、こういう電車かと思った。途中の下北沢で降りたので行き先は不明のまま。あの電車は結局、どこへ行ったのだろう？

こういうことを書いていたら、きりがない。おかげでわたしは、どのようなことがあろうとも穏やかな微笑をもって受け入れる、とても寛容な人間になった。もしかしたらわたしは、レプリカントであるのかも知れない。細かな内容は忘れてしまったが、映画『ブレードランナー』に登場するレプリカントは、植民地惑星の探査・開拓の過酷な環境にも耐えられる存在で、人間以上の能力を持っている。感情は与えられていないが、数年すると感情が芽生えてくる。人間への反逆心を持たれると困るので、五年で死ぬように設計されている。確かそういう、都合のいいような悪いような設定だった。

レプリカントには記憶を移植することもできる。過去の写真も捏造される。そうなるとレプリカント自身には、自分が人間なのか模造なのか、分からない。人間への反逆心に目覚めたレプリカントのリーダーは、死を目前に、自分の見てきたものを語り、自分の死とともにそれらの記憶も消えると、語る。過去の証を持ち、記憶を持ち、寿命を持つ、人間そっくりの存在――それってつまり、人間じゃない？

前置きがとても長くなったが、「タイムスリップ・コンビナート」は、記憶回復の書である。主人公であり語り手である〈私〉（沢野某）は、マグロと恋をして悩んでいたある日、当のマグロだかスーパージェッターだか分からんが編集者らしい人物からの電話で、ＪＲ鶴見線の終着駅・海芝浦に行くことになる（なぜスーパージェッターが出てくるのか分からないし、悩まないでマグロと恋をすればよいと思うのだが、わたしは微笑をもって寛容に受け入れる）。〈私〉は、上京したての頃のわたしよりもはるかに見事に、電車を乗り継いで海芝浦駅に着く。注意して読めばその行程に、〈思い出した〉〈記憶はない〉〈覚えはない〉〈懐かしい〉といった言葉が編み込まれていることに気づくだろう。そして終わり近くなって、〈ここで完全に思い出〉す。〈私〉は幼時に父の買ってくれたチョコレートの記憶に導かれるようにして、海とコンビナートとが繋がっていることを思い出す――〈私は伊勢の出身だが四日市で生まれた。鯨の獲れる漁港からコンビナートの町になった、四日市の海のすぐ側で母親の体から出た〉。〈記憶にないはずの、おとなになって四日市に向かう電車の窓から遠目に見ただけの、石油タンクと煙突、臭いや空気のせいではなく、それらの気配というものを、私はあの木造家屋の中で感知していたのか〉。もしかすると、ないはずのその記憶は、〈四十年も前、東芝の技師だった母〉が〈海芝浦の工場に出向していた〉、その記憶が移植されたのであるのかも知れない。

片側が海、片側が工場の海芝浦は、〈高度経済成長の遺跡〉であり、〈荒廃した産業の夢の後の〉〈何もかもが終った後の景色〉だと、マグロだかスーパージェッターだかは電話で告げた。実際に行って見るとそこは、〈一旦滅んだ後の近未来や、地球からうんと遠い星の光景〉のようだった。海芝浦に着く頃には、マグロはもうどこかに行ってしまっている。ピークは〈この世界の中心に来てしまったらしい〉という、浅野であるのらしい。そこで〈私〉は、直径何メートルもあるマグロの目玉が空に浮かんでいるのを見る。かつて夢の中で見た〈丸いおっとりとした二重瞼の目〉と違って、それは〈目を開いたまま、百億年のコールドスリープに入ってしまったような、厳しい目〉をしている。マグロとの恋も、ここまでなのだろう。産業の夢の廃墟であるコンビナートはついには海から離れ、〈夢のマグロのいない夢の海〉だけが残されるのだろう。

……頭の中では海芝浦行きの電車が半分崩れて糸を引いていた。その窓から納豆の豆のように乗客の半分が、あああああ、と目の玉を寄せて海に帰りつつあった。彼らの多くは、頭の方からオウム貝とか三葉虫のような、古代の生物に変わり始めていた……

コンビナートが海と繋がっている限り、電車も乗客も糸を引き目の玉を寄せて、ああああ、と、自分たちは太古に海に生まれ地上に這い上がって来たのだという記憶を取り戻して、海に帰り、古代の生物に戻ることができる。だがマグロはどこかに行ってしまった。本で見て海芝浦駅を訪ねて来たのだという女性が、〈疲れたようなひどく悲し気な顔で黙りこくって〉いるのは、海への記憶が戻らないからだ。

だが、絶望するのはまだ早い。〈焦げた金属のような〉日本語だって、まだまだ海と繋がっている。〈私〉は夢の中で〈のりだけの恋愛小説〉を読む。その本の言葉は、笙野頼子の作品世界がそうであるように、糸を引いて溶解し、太古の海へとなだれ込んでいる。溶解した言葉の海に言葉の波が煌き、艶かしくうねる。

……あきなつきのとき輝めほしのづらベルの鳴り渡る透明な命、こにずさむベルの鳴り渡りにそよぐ波泥の波風の波光の波水の波波の音に彼は答える……。

……波光に波騒ぎに波輝く、栞やらり、脂月離れる、ありますか、ゆりにみのりますか……。

……いいえ、まみえばりのぼれば、栞の花の星わたるりげるに、るぇんげるねの明かり、いいえ、いいえ……。

半年後、二十一世紀とジェッターの話をした〈私〉に、若い男の子は蔑んだように〈ジェッターは三十世紀です〉と冷たい声で言う。だが〈百億年のコールドスリープ〉を前に、わずか九百年の違いが、なんだというのか。

（駒澤大学教授）

「タイムスリップ・コンビナート」＋読者＝（想像＋連想）×戯れ≒∞——武内佳代

去年の夏頃の話である。マグロと恋愛する夢を見て悩んでいたある日、当のマグロともスーパージェッターとも判らんやつから、いきなり、電話が掛かって来て、ともかくどこかへ出掛けろとしつこく言い、結局海芝浦という駅に行かされる羽目になった。

これは、笙野頼子の芥川賞受賞作「タイムスリップ・コンビナート」（「文学界」94・6）の冒頭部であるが、作品全体の筋書きはすべてここに示されてしまっている。このたった百字程度で全体像が示せるほど、本作品の筋書きは貧弱なのだ。私たち読者はまずここから、一つのメッセージを受け取っておく必要がある。それは、筋書きではないところに本当の面白さを見つけて欲しいという作品からの切なるメッセージだ。では、私たち読者は一体どのようにこの作品と向き合えばいいだろうか。

笙野と同じ戦後女性作家の一人である金井美恵子は、エッセイ集『「競争相手は馬鹿ばかり」の世界へようこそ』（講談社、03）のなかで、何度読んでも面白い小説とは〈筋はどうでもいいのであって、言葉がどこへ流れていくのか、あるいはいま読んでいる現在と小説のなかで進行している時間というものが、いつも結びつきながら一つの方向を目指さずに進んでいくもの〉だと述べている。これを参考にすれば、さきのようなメッセージを放つ「タイムスリップ・コンビナート」の本領を味わうには、ただ筋書きを追うだけの単調作業をやめ、読者がそれぞれ自分なりに、作品に散らばる言葉と結びつき、自由に意味づけ連想し、想像をおしひろげ、あたかも戯《たわむ》れるかのように作品を読み進めることが肝心だといえそうだ。ではここで、そのささやかな一例を示してみよう。

当たり前だが、本作品で最初に目にする語句といえば、題名〈タイムスリップ・コンビナート〉である。「タイムスリップ」とは英語の time（時間）と slip（踏みはずし）をつなげた和製語で、SF《サイエンス・フィクション》などで現在から過去・未来へ時空移動することをさし、かたや「コンビナート」とはロシア語の kombinat（結合）からきており、工場の集合すなわち工業地帯をあらわす。これらの複合語にあたる〈タイムスリップ・コンビナート〉は、主人公が旅程の工業地帯の情景に現在と過去とを二重写しにし、時空を錯綜させてゆく、という作品の中心的な内容を見事にとらえた題名である。だが本作品における時空の錯綜はこれにとどまらない。そもそも主人公の海芝浦行きは〈去年の夏頃〉の回想であるから、すでにこの時空の二重写しの旅自体、回想される去年と回想している現在という二つの時空の交点にあたり、おまけにそのなかでも時折、〈九年前〉、〈バブルの頃〉、〈バブルの終わり頃〉、〈それから半年以上経って〉、〈その二日後〉など、回想される時点が様々にずらされる。そしてさらに、作中に散在する数々の言葉に目を向けることによって、読者が体験する時空錯綜はますます複雑化し拡散してゆくことになる。

たとえば最初に引用した冒頭部だけをみても、マグロと恋愛する主人公の夢の時空や、マグロか誰かが電話をかけているはずのどこかの時空、という二つの時空が想像できるし、加えて、電話の主かも知れない〈スーパージェッター〉にしても時空錯綜の象徴的モチーフなのである。海芝浦駅でも再登場するそれは、三〇世紀から二〇世紀へとタイムスリップしてきた同名の少年ヒーローの闘いを描く一九六〇年代後半（つまりまだ二〇世紀）のテレビアニメである。したがって、われわれ二一世紀の読者にしてみれば、三〇世紀という未来とともに一九六〇年代後半（二〇世紀）という懐古的な時空が同時に喚起される言葉だと言える。こうした時空交錯を連想させる言葉としては、海芝浦の語感から登場する〈ウラシマタロウ〉もある。これは「浦島太郎」と漢字表記する、日本ではあまりにも有名な子供向けの昔話の題名で、あらすじは、昔、浦島太郎《うらしまたろう》という青年が亀に連れていかれた深海の城で素晴らしい歓待をうけたはいいが、数日後に地上に戻るとすでに数百年も時が経っていたというもの。つまり、このウラシマタロウという言葉は、昔話であるがゆえに昔の時空と、また子供向けであるがゆえに読者の幼時の時空と繋《つな》がりながら、他方で、内容的には地上／異界、現在／未来といった時空移動〈タイムスリップ〉にも連関しているというわけだ。ほかに未来へのタイムスリップにからむ言葉としては、人間を冷凍して未来に蘇生させる装置〈コールドスリープ〉（cold sleep）や、科学の力で蘇《よみがえ》った恐竜たちが大暴れする映画「ジュラシックパーク」（Jurassic Park ’93、米）なども登場する。さらに時空交錯の最たるモチーフとして、太古の銀河を舞台としつつ過去・未来あらゆる時空が混在する世界観で圧倒的人気を博した二〇世紀SF映画の金字塔「スターウォーズ」（Star Wars ’77、米）が、海芝浦行きの電車の描写に登場するし、またそれ以上に忘れてはならないのが、工業地帯に関する想像・連想・比喩などにおいてたびたび取り上げられている近未来SF映画「ブレードランナー」（Blade Runner ’82、米）である。人造人間《レプリカント》の反乱にそれ専門の殺し屋ブレードランナーが立ち向かうというこの映画は、二一世紀初頭の近未来の話であると同時に、「スターウォーズ」とともに二〇世紀を代表するSFの名画でもある。よって、その題名から私たち読者は、現代にごく近い未来の時空と懐かしき二〇世紀の過去の時空とを同時的に喚起、連想させられるのだ。かつ、この映画の場合、そこにあらわれる新旧入り乱れた都市像や多くの無意味な日本語モチーフ、現実／非現実の非境界性のテーマなどは、「タイムスリップ・コンビナート」のそれと極めて類似性をもつ。だがここではむしろ、この映画の本格的人気の獲得がのちのビデオ化というテレビ媒体によってなされた、という裏事情のほうに注目したい。このことは、いざ海芝浦に降り立った主人公が、それまで「ブレードランナー」の世界を夢想させたその駅を、〈テレビがきちんと纏めて行った後の景色〉と、最終的にテレビ画像化して語ってしまうことと異様に結びついてくるではないか。

このテレビという解釈項はさらなる連想を読者に促《うなが》す。たとえば実在の海芝浦駅も、作中にあるようにホーム片側は海、反対側は日本の代表的な電機会社東芝（TOSHIBA）の敷地に面しているが、偶然にも一九六〇年に日本で初めてカラーテレビを製造販売したのがまさにこの東芝なのだ。そして同年カラーテレビの本放送が開始されると、その五年後にはアニメ「スーパージェッター」が始まり、さらに後には、さきに取り上げたようなSF名画や海芝浦駅の特集番組なども放映されてゆく。テレビという解釈項はこうして、作中で時空錯綜の連想を促す言葉たちに新たな繋《つな》がりと連想をもたらすのだ。やや荒唐無稽《こうとうむけい》ではあるが、そのように〈海芝浦〉から連想される海・東芝・カラーテレビという分かちがたい三つの言葉に、作中の最重要キーワード〈マグロ〉・〈高度経済成長〉を並べてみるとき、日本人読者である私の連想は否応《いやおう》なしに「サザエさん」へと向かってしまう。これは、一般家庭の明るい日常を描いた日本最長寿《ちょうじゅ》のテレビアニメである。その放映は高度経済成長の成熟期にあたる一九六九年から今なお続いており、また、面白いことに登場人物には決まって魚類などの海に関連する名前がつけられている。そして驚くなかれ、東芝がずっと番組スポンサーをつとめているのだ。もちろん本作品そのものと直接関わりはないが、日本人読者特有の自由な連想・戯《たわむ》れの行き先として、ここに紹介させていただいた。

くり返せば、以上のような時空錯綜の想像や連想は、私という一読者のごく限られた戯れでしかなく、世界に無限にあるうちの一例にすぎない。本作品を含め笙野作品を読むことの面白さは、いつだって読者それぞれに任《まか》されているのだ。だから読者諸君、筋書きを遠く離れて、想像せよ、連想せよ、もっともっと戯れよ！

（お茶の水女子大学助手）

「増殖商店街」――〈半眠半醒〉の夢世界――

松本知子

「増殖商店街」は「群像」(93・1)に発表され、作品集『増殖商店街』(講談社、95・10)の巻頭に収録された(この作品集には他に「こんな仕事はこれで終りにする」「生きているのかでてのでんでん虫よ」「虎の褌を、ってはならなに」「柘榴の底」の四作品が収録されている)。エッセー「野方、夢の迷路」(「本」95・11)の作者自身の紹介によれば、〈主人公の「お金の少ない作家」が、「買い物に行きたい」と憧れる「夢の中の商店街」〉を描いた作品である。

「群像」掲載の本文(初出本文)と初刊本のそれとを比較すると、小説の大筋はほぼ同じだが、文の削除や付加、字句の書き換えをはじめ、句読点等の記号、改行などにも多くの異同が見られる。例えば、初出本文では〈号外号外と啼いて猫が走ってくる〉とあるのが、初刊本では〈号外号外と啼いてコードを引きながら猫足の電気ゴタツが走ってくる〉と改められている。また、冒頭の段落の〈(これは猫が急病の時の医者代にもなる)〉は初刊本での書き加えで、初出本文にはない。一方、夢から現実に戻った後の描写では、初出本文にあった〈買う、という行為が他の人々同様に生活の皮膚みたいなものにかわってしまって、どの通りにも幻覚のかけらも見当たらない〉や、〈二十三区はもう全部テレビカメラにこそげ取られてしまっているという妄想に駆られた〉などの、〈幻覚〉〈妄想〉に触れた箇所が、初刊本では削除されている。本稿では、このような異同について細かく見ていく余裕はないので、基本的に初刊本の本文を用い（引用は特に断らなければ初刊本から）、必要に応じて初出本文との異同にも触れることとする。

この作品の執筆は一九九二年と思われるが、清水良典『笙野頼子　虚空の戦士』（河出書房新社、02・4）所収の「笙野頼子年譜」（山﨑眞紀子編の年譜に笙野自身が加筆したもの）によれば、この年の五月に〈中野のプール付きオートロックマンションに転居〉とあり、〈五月から中野のワンルームマンションに引っ越した〉という小説の記述と符号する（小説中に〈会費二千円を払った後のプールで泳いだり〉と、やや唐突に〈プール〉が出てくるのは、マンション付属のプールであるようだ）。これ以外にも、伊勢・京都・東京と作者の実人生と符合すると思われる事柄（エピソード）が点描され、それらが非現実的な商店街の描写と組み合わされて、独特の〝夢世界〟が構築されている。

〈家賃を払って市民税を払って……他に一週間以内で国民健康保険の払いが二通りあり〉云々と、この小説はきわめて現実的な金銭問題から始まる。〈無名作家〉の〈私〉は、〈だいたい文芸誌関係だけで自活をしていた〉が、〈収入は同年代の勤め人の半分程〉しかなく、〈持ち金〉から諸々の支払い等を差し引くと、〈今、私のお金が少ない、という認識〉に至らざるをえない。〈特に貧乏とも思えない〉し、〈ほんの数日程したら長篇の原稿料は入るし、旧住所の敷金も返ってくる〉（〈長篇の〉は初刊本での書き加え）と楽観もしているのだが、敷金返金の音沙汰がないことに〈次第に不安にはなってきて〉おり、〈ともかく振り込みまでの一週間程はお金を使わないで楽しく暮らすしかない〉と考える。かくして〈経済サバイバル期間〉が始まり、〈自分は金欠なのではなく、昔の学生であるという架空の設定〉にはまるという着想が生まれる――これが、この小説の発端である。

〈無名作家〉たる〈私〉は、伊勢と東京の両方にまたがって生きている。〈国民健康保険〉が〈伊勢市〉のそれから〈これから入る文芸家協会〉のそれに移るというが、一方、〈市民税〉を〈第三銀行〉（三重県松阪市に本社のある地方銀行）に納めたり、生活費に窮しても〈郷里の人が急死した場合にすぐさま帰るための電車賃〉を確保しようとするなど、〈郷里〉との紐帯（の残存）も窺われる。〈文芸家協会〉への入会は作家としての自立の第一歩とも言えるが、〈それから何ヵ月かしてまた次第にお金が少なくなって〉云々と、経済的な不安定は続くという設定になっている。小説の末尾には〈押し入れの死角〉から〈七年程前のレシートを添えたサンマ缶が二個出てきた〉（〈レシートを添えた〉という部分は初刊本での書き加え）こと、それは〈秋田県のスーパーの袋に入っていた〉ことが描かれる（ちなみに、先の「笙野頼子年譜」によれば、作者の上京は一九八五年で、小説執筆時からちょうど〈七年程前〉にあたる）。冒頭との照応は見やすくはないが、押し入れにサンマ缶を残した地方出身者らしき〈前の住人〉のイメージ（おそらくは結末のためのフィクショナルな設定であろう）は、そのまま〈私〉自身と重なるものだとは言えよう。「増殖商店街」の〝夢世界〟は、こうした孤独な上京者が描き出したものなのである。

ところで、〈私〉の描く〝夢世界〟とはどのようなものだろうか。荘子の胡蝶の夢では胡蝶／人間の対比は明瞭であるが、「増殖商店街」の夢は現実と対比されているわけではない。〈野方に行きたい気持ちから出来上がった街なので野方に似ている。野方のつもりで半眠半醒のままこの街を歩こう〉とある、この〈半眠半醒〉という状態が重要である。〈覚醒〉でもなく〈普通の睡眠〉でもない〈半睡眠状態〉――そこでは意識がまだ覚めており、〈夢の中で起きているかのように夢を眺め、好きな方角に行き思い通りの行動をとったりする〉こと、すなわち意識によるコントロールも可能である。時には〈カナシバリを解く時のように必死になって目を覚まし、電話を〉することもある（但し覚醒自体もまた夢かもしれないが）。夢世界はまさに一つの〝世界〟として半ば意識的、半ば超意識的に構築されているのだ。

なぜ野方商店街なのか？——それは明確に記されてはいない。〈野方という街が珍しくて〉とか、〈ここは、異様に、面白い〉などとされているだけだ。ただ、都立家政駅の商店街との対比は注目しておく必要があろう〈西武新宿線で野方駅と都立家政駅は隣同士〉。都立家政の方は〈感じのいい商店街〉で、〈テレビドラマ〉や〈映画の原作にもなる小説〉を連想させる〈人間模様〉みたいなものが目に映る。すると〈全て描写出来ないと判〉り、〈完全に消耗してしま〉うのだ。これに対し、〈道が細くて下町の商店街、いわゆるナントカ銀座がツクダニになっているような、空間が変になったように錯覚出来る〉というのが、〈野方タイプの街〉である。これを〝純文学論争〟に擬えて言えば、〝大衆文学〟臭が漂う都立家政に対し、野方こそ〝純文学〟的な磁力を発する場であり、だからこそ〈異様に、面白い〉と言えようか。「野方、夢の迷路」というエッセー（前出）で、作者自身〈「現実の野方とは少し違う」けれど、野方の店や通りや商品のディテールなんか、「どんどんモデルにしてしまった」〉〈小さい商店がやたらある街〉と述べているように、現実の野方商店街は迷路のような道に小さな商店が軒を連ね、〈焼け跡闇市〉的な一種猥雑な活力が残存している。それを〈増殖〉という幻想で捉え、自己の記憶にまつわる心的な引っかかり、劣等感などもそこに織りまぜてみせた。まさに〈頭の中の街、窓の下の都立家政通りよりももっと近い近過ぎる商店街〉〈〈近過ぎる〉は初刊本での書き加え〉なのである。

筒井康隆は『筒井康隆の文芸時評』（河出書房新社、94・2）の第2回（初出は「文芸」93・夏季号）で「増殖商店街」を取り上げ、〈夢の話に読者を引き込む技法〉として〈額縁〉が必要だが、〈笙野頼子はその額縁をできるだけ小さくして夢をやる実験をしたわけで、この方法は「文学的テーマとしての夢」の技法を少なくとも一歩か二歩は前進させた〉と評している。初出誌と初刊本の本文の異同に関して、夢に入る箇所では〈夢の街並みは野方と同じようだ〉と初出本文にはない〈夢の〉が加えられた他、〈もしも本当に野方ならば〉（傍点は原文のまま）という表現も書き加えられるなど、〈額縁〉をより明瞭に表そうとするかのごとき書き換えも見られる。だが、加賀乙彦が「金毘羅」について指摘するように（「すばる」（04・12）初出の笙野との対談での発言）、〈夢の世界と現実の世界とが、小説の中ではないまぜになっていて、どっからが夢でどっからが現実なのかよくわからない〉ことで〈かえって夢を現実的なものにしている〉という面もあり、〈額縁〉という捉え方では必ずしも十分とは言いにくい。

筒井も引用しているが、「増殖商店街」掲載誌の前月号にあたる「群像」（92・12）の座談会「いま、作家であること」で、笙野は〈たとえ難解な前衛小説でも、どこかに鋭く影響を与えている。（中略）全部アメーバみたいにつながっていて、影響を与え合って、あるいは思考実験の可能性みたいなのを出し尽くして、もしかしたら、これがだめということを調べるために書く小説さえもあるかもしれない〉と発言している。〈店がアメーバになって分裂をする〉＝〈増殖〉する商店街という突飛な発想――そこに描かれたヘンテコで、一見つながりのないような諸々の事象もまた、〈全部アメーバみたいにつながってい〉るのであろう。この〈分裂〉しつつ〈つながってい〉るというアメーバ的発想こそ、笙野文学を理解するカギなのかもしれない。

松浦理英子との対談『おカルトお毒味定食』（河出書房新社、94・8）で、笙野は〈小説を読む時に、私は物語云々を読むのではなくて、その小説に描かれた時間とか場所を読んでいる〉と述べている。小説の物語（筋）ではなく、〈時間〉や〈場所〉にこだわるのは、笙野の小説作法にも通じるところがある。作家として確固とした地位を得ておらず、少しの希望と不安定さがあった〈時間〉、保存のきく食糧を買いに行く野方という〈場所〉の独特のたたずまい、その買い物の愉快なこと、安心なこと、そして何が出てくるかわからない混沌とした面白さ、それら今・ここの自己の〝世界〟全体を、夢・空想を方法化して描こうとしている。〈南果歩〉等の人名をはじめとする固有名詞の多用も、今・ここを描くことと密接に関連していると思われる。
『徹底抗戦！　文士の森』（河出書房新社、05・6）で、〈理論的根拠〉を〈マルクスとブッダの考えを使って拵えた〉と述べた笙野はまた、日本人と仏教に触れ、〈身体と霊魂が一体になった個人の祈りこそが、私の考えている祈り、文学に近い〉とも述べている。仏教に〝一念三千〟という教えがある。人間の一念に宇宙のすべてが備わるという意味だが、そこでは〈個人〉は自己完結的なものではなく、果であると同時に因ともなり、縁として何かを与えていく（〈全部アメーバみたいにつながって〉いく）。すなわち、〈個人〉のこだわりがある時間・場所、そして〈身体と霊魂が一体になった〉自己の〝世界〟を写しとることは、いわば曼陀羅の一箇所を示すことであり、筋立てをこしらえて因縁を解き明かす必要はなく、今・ここの自己を深めること自体に意義があるのだ（こうした〈個人〉＝自己を離れ、借り物の西洋哲学を振り回すことを、笙野は忌み嫌っている）。「増殖商店街」は、このような〝一念三千〟的な思考・作風を典型的に表した作品と見ることもできよう。

（元・日本女子大学助手）

『母の発達』——新時代の母娘小説——

島村　輝

当の本人である母親を目の前にしているにせよ、いないにせよ、「おかあさん」と声に出して呼びかけるとき、その母親から受けた愛情を無条件に信じ、その信頼に身をゆだねられる人は、むしろ幸せな部類に属するといえるだろう。かつては揺るぐことなく築き上げられてきた「母性」の神話は、母親による幼児の虐待や、母親に愛された記憶を持たない子どもたちの存在が社会的に浮上することによって、とうの昔に崩れ去ってしまったといえる。母親によって抑圧され、ひどい目にあわされてきたと感じている子どもたちにとっては、「おかあさん」の存在は、それ自体激しいストレスの原因であり、家庭内暴力や、時としては殺意の対象となることも珍しいことではない。「母の縮小」「母の発達」「母の大回転音頭」は、そうした「母性喪失」の時代にあって、もはや無前提には愛情に満ちた母子関係というパターンでは描ききれなくなった母と娘の関係を、娘の立場からどのように意味付け直していくかという問題意識によって貫かれた連作である、と一応はいっておくことができるだろう。

そうはいっても、この三篇からなる連作は、問題を抱えた母子関係が、確執を経て安定にいたるというような、リアリズム小説の定石とは、まったくかけ離れた方法によってかたちづくられている。「おかあさん」という言葉に、整合しない言葉やイメージをとことん突きつけていくことによって、その「おかあさん」という言葉の意味自体が拡散し、固有の輪郭を失っていくさまが、ここにはアクロバチックなまでに奔放な言語技法を駆使して繰り広げられていく。その様子はある意味で壮絶とも壮麗とも評することができるだろう。
「母の縮小」は幼いころから母にプレッシャーをかけ続けられた主人公（「母の発達」でダキナミ・ヤツノという名を与えられる）が、ある日積み重なったストレスのあまり、母親の姿を変形してしまうところからはじまる。直面するにはあまりに厳しい現実を目の前にしたとき、そのことを受け入れることを拒否し、頭の中で幻覚・幻像をつくりあげるというケースは、精神病理学上の現象として認められることである。犯罪者が、現実に罪を犯したにもかかわらず自らの罪を認め受け入れることができず、確信をもって〈無実〉を主張したりする場合がそれにあたる。この場合も常識的に考えれば〈母の縮小〉という現象は一時的な幻覚ということになるだろう。だが、主人公にとってはこの〈母の縮小〉は、まぎれもない事実であり、最初はただ縮小だけで済んでいたものが、やがてどんどん変形するというプロセスをたどることになっていく。

——あー、まだちいそうなるまだちいそうなる。

おかあさん、そんなにかちり、かちり、ていわんといてえ。

子供のような声で私はその眺めに支配されるままに、そう訴えるしかなかったのだった。

母親が縮小してしまうというのは、主人公のコントロールを離れてしまった状態として現象している。病状がもっと進んでからは、母の性別が女から男に変わってしまう場合さえあった。

母が縮むようになってしまってから、わたくしはおかあさん、という言葉が段々判らなくなった。

「おかあさん」が「子どもを産む（あるいは産んだ）存在」として意味付けられるとするなら、〈おかあさん男〉というものが形容矛盾におちいっていることはあきらかであろう。〈おかあさん男〉なる存在は実体として想定されるものではなく、「赤い青」「明るい暗闇」のように、言葉の上だけで存在を許されるものとなった。あるいはこの小説の記述者の立場にある主人公から、まさに言葉によってだけ、読者に投げ渡される存在となったということもできる。

〈おかあさん男〉という言葉の出現によって、「おかあさん」が実体から言葉のレベルの存在に移されたという事情は、記述者である主人公にとっても同じことである。そのために主人公は母親の姿をどのように縮小し、変形することも自由となる。ただその縮小・変形のパターンが尽きてしまえば、そこにはまた以前同様の息苦しく固定した母子関係が復活してくるのであり、そこを避けるために〈いつまでもあらゆる方法で縮小していないと困る〉という状態になっていく。導入したワープロの中で母を縮めることにも行き詰まったとき、主人公が思い到るのが「母の子供化」であった。「子供化」に抵抗する母との口論の中で、主人公は縮小した母をワープロのディスプレイに叩きつけて吸収させ、消滅するまで縮小させてそのまま家を出て行くのである。

「母の縮小」が、自分の前に立ちはだかる抑圧者としての母という存在を認識のレベルで縮小・無化することで、そこからの解放を図ったものだとするなら、「母の発達」は母の存在の呪縛から逃げ出すことの困難を知った主人公が、むしろ母というもののあり方を逆手にとってそれとの和解を企てようとした実験の記述と読むことができる。死後（むしろ殺害後、というべきか）形を変えて増殖し始めた新種の母に対する名づけと小話の創作が、ダキナミ・ヤツノの日課となる。

お母さんを使った「邪悪な」センテンスを考えるという作業が、私自身に必要なのだという事等次第に判ってきた。それは「お母さん関係」の言葉を考え続けている内に自然発生した納得であった。

こうして主人公は、増殖する母との共同作業において、ありとあらゆる新種の「おかあさん」を言葉のレベルにおいて系列化し、世界をその「おかあさん」で満たそうとするのである。

読者はここからしばらく書き続けられる「おかあさん」のエピソードの奇想天外さに目を見張ることになるだろう。それは「おかあさん」という言葉の固有の意味を剥ぎ取りつつ、そのように無意味な響きだけの言葉になったことによってあらゆる言葉との組み合わせを可能とする、いわばこの世界を満たす万物の「母」として「おかあさん」を再生する、記述者の作業の記録である。〈あ〉からはじまる、かな一文字に抽象化された名を与えられた「おかあさん」の系列が〈ん〉に到ったとき、母との共同作業はひとまず終結する。それは新種の「おかあさん」のすべてに秩序を与えることによって、母との和解の証ともなるものだったはずである。

いったん母との共同作業による和解がなりたったようにみえたヤツノだったが、しかしその母も、名づけられた新種の「おかあさん」たちも、彼女の目前から消えてしまう。「母の大回転音頭」は、その飛散した「おかあさん」たちを再び結集し、眼前の世界のすべてをもう一度満たそうとするヤツノの企てが記述されていく。

以前に作った序列に基づいて、ヤツノは総ての五十音の母を充実させて行かなくてはならなかったのだ。かつて自らが作った秩序に支配されて、ヤツノはその秩序に基づいた新世界を産み出すしかなかった。つまり、新世界の母になろうとしていたのだった。

ヤツノによって召喚された「おかあさん」たちはやがて秩序正しく整列し、世界を満たす。すべてをやり尽くした虚脱状態の中で、ヤツノが見たものは、母のすべてを完璧に表現する「おかあさん」たちの壮麗な〈大回転〉であった。ただ母全体がこの世にある事を感ずるだけで、身の毛のよだつような感動と法悦と恐怖がヤツノを襲う。末期を迎える中、ヤツノは〈一生、母に生き、母に死んだ〉と述懐するが、それは彼女にとって真の救いとなったのだろうか。あるいはいかにしてもその呪縛を抜け出すことはできなかったのだろうか。変幻自在な表現に満ちた笙野ワールドをたっぷり味わった後には、壮麗かつ重い読後感が残るであろう。

（女子美術大学教授）

我々は言葉の呪縛に如何に抗するのか

―「母の発達」の抵抗とは―

疋田雅昭

精神分析という学問が、その科学的装いの背後に多くのジェンダー・バイアスを有していることは、既に常識に近いものとなっている。「人間」の主体確立の過程を父殺しの寓話を利用して語るそのあり方から考えれば、それは当然のことである。ユングが言うようにエディプス・コンプレックスの対であるようなエレクトラ・コンプレックスという概念もあるにはあるが、「人間」の主体形成について二つのケースが対として語られることはまずない。

だからといって、この小説を娘の主体確立の物語と捕らえるのはやはり躊躇われる。女性の抑圧を構造的に内包した社会において、家族間における母／娘の関係には、被害者的共同体でありながら、一方では負の連鎖を媒介することがあるからだ。「母」は「子」の誕生において初めて成り立つのではない。女は、幼少の頃から「母」になる訓練を繰り返し受けさせられ続けて来たわけで、「子」の誕生はきっかけに過ぎない。

しかも、主体的に「母」を選んだものほど、その抑圧構造に気付きにくく、「子」に対してそのシステムの再生産に荷担してしまう。だからこそ、母／娘の関係は複雑である。もし、両者が自己を取り巻くシステムに気が付かず、母が「愛情」という名のもとに負の再生産を強い、娘がその否定によって受けるべき受難を母への敵意に集約したら……。

この小説は、分断しがたい幾つかの語りの層が折り重なっている。ダキナミ・ヤツノの独白。日記。その心情を描写する語り。さらに（注）という表記。これらの語りの層は、ある部分では重なりある部分では矛盾する状況を補足しながら物語を進めてゆく。ヤツノの母への献身、母のヤツノへの依存、ヤツノの外部社会への不適応、母のヤツノへの束縛…。いずれも事実であるとも言えるし、いずれも信用するに足らぬとも言える。だが我々はそこから、この小説において考えるべき問題が、この母／娘の関係における特殊性ではなく、むしろ普遍性にあることを読みとらねばならないだろう。

この重層化された語りは、〈三重県人〉の性格の特殊性を前提として共有しており、そこから何とも言えないユーモラスな展開を導き出してもいる。この小説の深刻なテーマに比して全体に漂うユーモラスな雰囲気が欠かせない魅力として作用していることを考えれば、語りにおけるこうした一面も無視できない。

さて、物語は母の〈死〉に際して親戚に連絡するという場面から始まるわけだが、それは母に関しての〈通知〉ではなく、断絶の一方的な〈通告〉である。この〈死〉とは、実は〈再生〉の物語の始まりであるのだが、その際に親戚は不要なのである。なぜなら、親戚とは母／娘における再生産システムを補強するもの以外の何者でもなく、それは新たな物語には相応しくないのである。

とにかく、〈三重県人〉という気質により、見事にこの殺人（?）は、表向きの事件とは成り得なかった。ここからが、母と娘の新たな物語のスタートである。

わたいはな、わたいはな、殺されたのではないな。そうや、私は、再編成をしとるのやな。世間が母やという偽の母をやっつける、正義の味方みたようなおかあさんになるためにな。

以後、娘は母を理解し始め、母は娘の個を尊重し始める。ヤツノは、母の要求を満たすためには食料として人まで差し出す。そして母の欲求に答えられる自分に、ある種の充実感を感じるようになるのだ。

今まさに、母／娘における負の再生産システムを母と娘が共同でぶち壊そうとしているのだ。そこに連帯があって当然である。それが快を伴う行為であって当然である。灰皿による殺害という「悲劇」は、既存の〈母〉像の解体という「喜劇」となって蘇るのだ。

以後、母は細胞分裂でもおこすように小さな〈新種の母〉を生み出してゆく。まるで、受精した卵子が細胞分裂を繰り返しながら多細胞生物に変身してゆくように。そう、ここで起きているのは既存の〈母〉の再生産ではない。新たな〈母〉の誕生なのだ。そして、パートナーである娘に最も大事な任務を与える。


要するにそこにおる新種どもはな、ギリシアの神さんみたようにひとつに一人前のお話がいるのや。例えばギリシアの神さんの名前を全部並べてきれいに揃えてみい。それだけで世界を全部表しているやろ。名前と神話があったら世界が作れる。


なぜ、生まれてくる母に〈名前〉が必要なのか。そして、なぜ〈お話〉が必要なのだろうか。それは、〈母〉とは実体的なものではなく、象徴世界の構築物にすぎないからに他ならない。多く娘は親から〈母〉になるべく育てられるし、その結果娘自身は〈母〉になることを思い、そのレールから外れれば、〈母〉になれなかった、という自責を内面化するに到ることもある。〈母〉は〈娘〉でもあり〈妻〉でもあるというように、関係性の一形態にすぎないのにもかかわらず、〈母〉に「なりたい／なれない」、母で「ある／ない」という呪縛が人生を覆うことだって少なくない。

そして〈母〉という言葉は実に多くの物語を内包している。それらの物語が生み出す〈母〉のイメージは、〈母〉という言葉の持つ呪縛力と相互補完的な関係である。我々は世界の多くのイメージを「……の母」という比喩で語りたがるし、〈母〉と名付けるものたちに強い期待の地平を抱き続けている。たとえ、そのイメージが時代や共同体によって異なるものだとしても、それぞれの共同体においての家族制度を補強してやまないことには変わりはない。

言うまでもないことだが、我々は言葉の世界から外へは出られない。だからこそ、言葉の暴力に抗するには、やはり言葉しかない。先にこの小説の〈ユーモラスな雰囲気〉ということについて述べたが、ベルグソンによるまでもなく、笑いという要素は時に言葉の持つ呪縛性を失効させるのだ。

そして、新たな〈おかあさん〉に関する言葉を生み出してゆく。〈……のおかあさん〉が〈あ〉から五十音順に語られてゆくのは、〈おかあさん〉という言葉を支配する日本語の世界への挑戦である。全ての音から始まる〈おかあさん〉たちの物語は、時には既存の〈おかあさん〉を揶揄し、時には否定し、時には理解不能な世界へ我々を誘う。そして最後に母は言うのだ。

どんなもんでもな、出来たもんは出来たもんでどうしようもないんや。産む、というのは土台そういう事なんや。出来たもん消す事が出来るのは神さんだけやからなー。

一度生み出したものは消えることはない。ならば、既存の言葉の世界に抗するための微力な言葉であっても、その抵抗は決して消えることはない。

見よ、ヤツノ、たかがお前の作ったせこい狭い世界じゃ。そやけど世界というのはどんなにみみっちいもんでも侮れやんものやろ。

もちろん、ヤツノの作った世界同様、ヤツノが活躍し母が〈発達〉したということの小説世界だって〈せこい狭い世界〉なのかもしれない。しかし、この微細な抵抗の言葉たちも、小説世界に触れた読者にの中に、決して消えることはないだろう。だからやはり〈侮れない〉のである。

（立教大学大学院生）

『母の発達』——言葉の呪縛、爆破！　爆破！——藤林英樹

「母」という言葉、あるいはその言葉のイメージを思うとき、僕はめまいのするような気分になる。「母」という言葉から僕が生み出す記憶やその言葉が人を縛りつける力を考えると、冗談でなく圧倒されてしまうのだ。

例えば僕の世代の男（二十代半ば）なら「母さんの期待を裏切って、産まなければよかった」という言葉を読んだだけで、ぎくっとする人がけっこういるのではないか。この年齢では少数の例外を除いてもう食っていく仕事がどれくらいのランクで収入なのか大勢は決まっている。実の母親から言われたわけでもないのにこの言葉にやましさをつかれたならば、それは自分が「母」の期待に応える生き方をしなければならない、しかしできなかったとどこかで思っていることを意味する。例えばそれが「母」という言葉、イメージの持つ呪縛である。

笙野頼子の『母の発達』はそのような様々な形で人を呪縛する「母」という言葉を使いながら、考えうる限り「母」のイメージからかけ離れたグロテスクで滑稽な世界を描くことで、「母」の呪縛を爆破しようとした作品である。

『母の発達』所収の作品は三つ、「母の縮小」「母の発達」「母の大回転音頭」だ。タイトルだけでもはやどういう作品かわかりそうなものだ。と言われてもまったく見当がつかないという人がいても無理はない。しかしこの作品はまっとうすぎる程にわかりやすい。ただ「母」という言葉は良くも悪くもあるイメージで人を呪縛するこ

と、またその「母」という言葉を、その通俗的な「母」というイメージにはどう考えても回収されないような形で酷使していることをおさえればいい。

なぜ「母」という言葉をそのように酷使するのか？　それは例えばこういう補助線を引けばわかるかもしれない。「行動は認識より雄弁だが、認識は行動を規定する」こう言ったのは黒人ヒップホップグループ「パブリックエナミー」のチャックＤ（プロフェッサーとも言われている）だ。僕がたまたま「ヒップホップの歴史」みたいなビデオを借りて見ていたら、インタビューを受けていたチャックＤがこう述べたのだ。

その時の文脈を覚えていないのだが、これはチャックＤがどこかの思想家から学んだ言葉なのかもしれない。その出所はともあれ、この言葉は今にいたるまで僕の中で重要な真理の一つだ。行動は認識を上回る結果と、それまでの認識を更新する現象を生成する。しかしその行動の幅自体が認識によって規定、限定されるというわけだ。

これを仮にふまえて先に書いたことを当てはめてみよう。「母」のイメージ、認識は例えばある種の息子の行動を規定する（「母の期待から外れた行動はとれない！」）。では「母」の呪縛が息苦しく、そこから逃れたいと思うならば、「母」の認識をどう変えればいいだろうか？

『母の発達』がやろうとしていることはもう明らかだ。文学とはまさに言葉のもたらす認識に関わり、認識を更新・変革する「行動」に他ならない。笙野頼子が「母」という言葉をグロテスクに滑稽に酷使する時、狙い撃ちされているのは「母」という認識そのものなのだ。

「母の縮小」がはじまるのはこのような台詞からである。

——まあ今日も早いこと。好きなようにしていいのよ。それでよければねえ。

こんな母親の言葉が普通に飛び交う家庭。それが〈私〉——この連作の主人公である〈母〉の娘——のいる場所だ。幼少の頃から〈私〉はこれらの「言葉」に徹底的にさらされ続けていた。そして上記の言葉を聞いた瞬間〈私〉はついに〈ゆっくりと妙に幸福そうな声で〉こう言う。〈——あー、おかあさんがちいそうなる〉。

それ以来〈私〉の目に母はしばしば縮小し、縮小するのみならず異様な行動を取るようになり、最期にはワープロのディスプレイ上の文字になってしまう（「母という文字ですらなくなっていた」）。

さて続く「母の発達」では「母の縮小」で〈私〉だった人物と思しき女性（「ダキナミ・ヤツノ」という名が与えられている）が、五十代半ばになりまだ母と同居していたのだが、ついに母を殺害したらしいとほのめかされる。しかし母は死ななかった。ヤツノの独白と日記、会話に、つっこみや状況記述を付け加える「注」が挟み込まれる文体で「母の発達」は書かれる。ヤツノは死んだはずが死んでない母に呼びかける。

——おかあさーん。

——へっへーい。

——おかあさーん。

——ぶりぶりぶり。

母は変貌し、姿形もよくわからないクリーチャーとなっている。母は言う。「——わたいはな、わたいはな、殺されたのではないな。そうや、私は、再編成をしとるのやな。世間が母やという偽の母をやっつける、正義の味方のようなおかあさんになるためにな」。

かくして〈母の発達〉がはじまるわけだ。生きた宗教勧誘の人をえさにしたりしながら順調に母は発達する。やがて分裂する母に名前をつけていくよう言われたヤツノはこう考える。

そしてついに――私はすべてのおかあさんを表しつつ、実在の正しいおかあさんを絶滅させる方法を発見した。それはあらゆるおかあさんをひらがな一字で表すというものであった。例えば、「い」のお母さん、「ろ」のお母さん、「は」のお母さん、「に」のお母さん。つまり、母の記号扱いである。そう、これこそが、至上のお母さん整理法、そして最も合理的な新・お母さんの系列化であった。

この作品の大きなモチーフがここに示されている。そこで「あ」から「ん」までのお母さんが全て実際に列挙されていく様は圧巻だ。「『ん』の母は踏ん張っていた。永遠にや。」という調子でひたすら書かれヤツノのフロッピーに保存される。そして書き終えたとき、母は言う。〈――ヤツノ、フロッピーを入れよ。そして物語を読み出すんや〉。

「母の大回転音頭」は、「母の縮小」「母の発達」と展開された一連の物語の、異様なしかし幸福なエピローグである。ヤツノの名づけた母達が集合し一斉に踊りはじめる。〈五十音の母がいっせいに「くるうり」と回ろうというのだった。母でできた世界の、総ての母が、速度を一定に、回転を揃えて、逆さになり、左右逆になり、また元に戻る……それは花笠音頭か万華鏡のような華麗さであった〉。

以上『母の発達』所収の連作三編を引用しながら見てきた。河出文庫版の解説で斎藤美奈子はこの作品を〈長年の糞づまりがいっきに解消するようなサイコーの浣腸小説〉と評したが、「母」という言葉にある苦しさを感じるような人なら、必ず感じるところがある作品である。

（中央大学大学院生）

「太陽の巫女」――神話を借りた不在への〈私〉の愛――

杉井和子

「太陽の巫女」は、一度ボツになった四百枚の作品が書き改められ、一九九五年、一〇月「文学界」に発表され、泉鏡花賞を獲得する。冬至の太陽と結婚する巫女、特に単身婚というモチーフを持つ神話的な枠組で、二年後に発表された、母の死をモチーフとする「竜女の葬送」と対を成す。不遇な生活が一転し、新たに飛躍する笙野の九〇年代、[注1]「レストレスドリーム」や「タイムスリップコンビナート」などにより、現実を無意味化する言語実験が一層熟していった。合わせて、個の体験を時代の記憶に重ねる描出法も確立しつつあった。「太陽の巫女」は、従来の夢の手法、言語実験のうえに新たな神話の枠組を与えることで〈私〉らしさに新たな表現を加えることになる。

巽孝之は「境界領域文学」または「変流文学」という語で八〇年代以降の文学を名付け、そこに笙野の言語実験を位置づけた。[注2]太古と現在、都市と自然、天界と地上、抽象と具象、観念と実感といった対立する異質の世界が、めまぐるしく変転する。その仕掛けは、偏に〈私〉の特異なありように拠っている。巽が、笙野の「居場所もなかった」に対して〈主人公が都市を彷徨し居場所を希求しながらますます孤立化し異形化していくような不条理感覚が活写されている〉と評するように、「逸脱」「超」「脱出」「変転」「自由」などの語で示される作中人物の願望が、しばしばグロテスクな様相を帯びていたことも確かである。

しかし、この「太陽の巫女」では、視点人物として語る〈私〉という一人称が、小説の進行に従って明確に顔を出し、遂には地上に実在する具体的な個としての〈私〉に回帰するところに最大の特徴がある。(注3)天から降臨した巫女の形をとりながら、徐々に内面的な感情が深まり、結婚対象たるべき〈彼〉への恋愛感情が強く浮き立ってくる。つまり、仮構としての神話の枠組から逸脱してしまう感情のリアリティーによって、人間らしさとか実在感が与えられる。単身婚という形は一方で神聖なイメージを保つものの、〈私〉にとっては、名も知らず触れることもできない〈彼〉といった不在の愛がもたらす空虚な孤独感を強める。この内面的な恋愛感情を枠づける神話的なものとは何なのか。

笙野が初期作品から連綿として取り組んできた重要なモチーフに、嫌悪すべき現実（家族、血縁、環境等の桎梏）から逃れること、(注4)そして死への恐怖がある。しかし、初期作品では、夢の手法、または狂人らしい振る舞いによって脱日常がやってのけられ、しのびよる死の恐怖はむしろ遊戯的に扱われていた。「極楽」（81・6）では、死の生々しさから離れられる幻想世界を創出するため、学校、家、ねずみ、押入などに日常性を与え、五十年に一回行われる伊勢の遷宮の儀式を扱った「大祭」（81・11）にも、ふるさととしての実在の伊勢市が浮かび上がる。日常世界が具体性を帯び、伊勢はあくまでも舞台であって決して神話的ではない。

そもそも神話的枠組とは何なのか。一つには神の系譜とそれに伴う禁忌の物語であり、(注5)さらには、人間が人間でないものと交わること、神や動物に変幻することと言えるであろう。「太陽の巫女」は確かにこの要素を備えている。〈私〉の脱出願望は、家族の系譜の検証から始めなければならず、そのために結婚の儀式をカーニバル風にしつらえてそれを嘲笑してゆく手筈になっているのである。神話性を与えるために作者は特に命名にこだわった。凪刀乃宮という架空の場所は伊勢市に近い海のナギによる静謐なイメージとともに、金比羅宮といった神社に繋がる語感が与えられる。主人公の滝波八雲とは、「イザナミ」とか「……ヒメ」ではなく、男とも女ともつかぬ出雲神話の語感を伴った近代的な姓名である。さらに、これらの語は竜や蛇の神話を想起させ、蛇の系統である滝波家と竜の一族との結婚は二代に一度行われると、系譜に対する強い意識が小説に示される。結婚すべき相手については、最後で〈竜のような若い男〉を見たと記されるだけで、その不在が強調され、巫女の不遇な現世が示される。すでに作者は「皇帝」（84・4）で、魔術を用いて巫女に変身する少年の話を書いていたが、系譜による神話の枠組がここで特に強調されている。

　多くの人間は、家を守り家族にこだわり続けることで無意識のうちにそれを神話化してしまう。笙野は、逆に神話的な系譜を強烈に持ち込むことで、世俗的な家族主義を壊そうとするのか。初期作品では子供を閉塞させる場であった家を、[注6]系譜的な支配の構造の下に置き、自らの意志を向けるべき方向性を指し示してゆく。生殖、繁栄を価値とする家族絶対主義、家族信仰に立ち向かい、単身婚という新たな発想が持ち込まれる。

　闘争的な色彩の濃いモチーフは、特異な命名に先立ち、冒頭に結婚の宴会の場面で生かされる。国際観光ホテルで家族、親族が集まり高級料理を食べている。現代の普通の様式に過ぎないような披露宴の描写だが、食材の描出にやや異常性が漂い、カーニバルの様相を呈している。列席者のオリエを世俗の権化としながら〈私〉は彼女と闘い、嫌悪感を露骨に出しつつ内面意識を深める。その、俗との戦いといった構図が〈食〉の情景に示される。フランス料理の様々なカタカナは、モダンな雰囲気に蔽われたスノッブ趣味の皮肉でもある。スッポン料理という語にさえ、装われたげてものへの哄笑を想像させ、黄泉の国で汚い物を食べる伊邪那美のパロディをも思わせる。

　立て続けに書かれる料理は、食べる様子よりもその名前の特異さに価値が置かれる。太古と現在、日本と西洋、俗と反俗を極だたせるように述べたてられる。そして突如、夢の中に兎と鴨が禁忌の食材として現れる。兎も鴨も具体的な料理名は与えられず、言葉の持つ禁忌の意味だけが強調される。食の行為が即物的に描かれる「古事記」と違い、禁忌という観念の抽象化にまで昂まる。つまり、〈食〉なるものを料理の舌ざわりから徐々に発展させ、フランス料理の食材である兎と鴨を観念的な抽象語に仕立て上げていくのである。同時に、生の実感を確かなものとする料理と、死に結びつくからこそ禁忌になる食材の二つを示すことで、伝統もしくは風習というものの実体に批判の矢を向けることになる。[注7] 長い年月の経過によって、食材が観念を生み、伝統を作り上げ、それがいつしか世俗を動かす力となるという仕掛けであろう。

世俗との闘争を媒介する食とは別個に、〈私〉固有の記憶を甦らせる食も書かれる。香草の匂い、薄荷飴、シュークリームは、プルーストの植物信仰に似た〈私〉だけの過去の記憶である。形あるものは滅びを予感させ、個人の記憶に残る物の実在感が溢れるようになると〈私〉の内面化が進み、〈彼〉との恋愛が焦点化されてくる。

系譜の物語という神話的な枠組が、時間の作る世俗の論理の構造を明らかにしながら、一方で舌触りや臭いなどの五官の感覚によって個の記憶を内在化しているのである。このような時間の枠組から〈私〉への傾斜という点は、次にあげる女主人公の登場の仕方に明確である。

彼女は〈会食の主賓で…儀式の当事者の私「神の妻となる滝波八雲[注8]〉となって初めて名が明かされる。しかし、ここまでの主語は当然〈私〉であるかのように流れているが、その語は明示されていなかった。〈死にたい〉〈家を出たい〉云々と続く文にも〈私〉は示されず〈結局死ぬのだろうか、死ぬのと同じことか〉〈—いやいや死にはしない〉〈どうした　どうした〉と続き、やがて目を痛めた自分に声だけが幻聴のように聞こえるだけになる。ところが儀式の途中でオリエに向けた自分の嫌悪を旗幟鮮明にするや、俄然、主語たる〈私〉が頻繁に用いられる。特に結婚に纏わる半生の回顧に強調される。大学入学から三十三才までの様々な局面で〈私は〉が多用される。幻想作家、私小説作家と評される自分を入れ子構造的に示して自らを主張するに到っている。

徐々に〈私〉は夢や幻覚の間を浮遊しつつ自分をきちんと認識し始める。放浪癖、薬物の経歴を辿り、相場師的な才能のある巫女とは違う駄目な己れを知る。俗から逸脱した我に湧き起こる力とは、世俗の結婚の儀式に体を置きつつ俗と対決する力である。単身婚という実体なき結婚とは、死、滅びを怖れる女主人公の、世俗的な伝統との訣別のために死をも引き受けんとする賭けに等しい。

恋も死も神も各々手応えとは裏腹の、常に不在や空白を感得させるものである。太陽の巫女たる〈私〉が最後に見たのは何なのか。世俗と闘い、地上の論理を後退させ、神道の色遣いとは異なった〈白〉に執着しながら、本来の自分が望んでいたものを記憶から甦らせようとすることが次の文からわかる。

本当の私が望んでいるのは、ヨーロッパでもなく、美少年でもなく、見ていたいものは「景色」であり、触れたいものは「風」であり、「恋愛の感触」であり「夜の海の気配」「季節のありさま」「バブルバスの真っ白な泡」や「浴室に漂う花の香り」だった。

神話的な思いこみ、世間的な決めつけ、加えて自らの過去をすべてネガティヴに把えたあとにはっきり自覚されたことは、実体のない結婚に夢を紡ぐ〈耽美〉的な少女という〈私〉の発見である。夢の中の上司、五連の真白いネックレスが骨になる幻覚などが凶神に追いかけられたあとに続く。〈私〉の怒り、孤独といった感情によって地上の〈私〉らしい存在を自覚する。太陽になり大蛇になっても、〈何の理由もない、体感を超えた、知性を超えた、深すぎる悲しみに近い愛情の感覚〉を持って〈私〉はこの地上に立つ。

初期作品から引きずってきた観念小説的な面は言語実験とオーバーラップして常に実体の重みを取り払ってきた。「太陽の巫女」もその血を受け継ぎながら、新たな神話の枠組によって〈時間〉が垂鉛を下ろし、時代の記憶のこちらにある個の記憶を焦点化した。私とは何者かを、感情による実在的な根拠として語った点に、これまでの言語実験とは異なる新たなベクトルが示されているようである。

（茨城大学教授）

注1　山﨑眞紀子「作家ガイド」（『女性作家シリーズ21』99・7）
2　『日本変流文学』（新潮社、98・5）
3　笙野はラリイ・マキャフリーとの対談で（95・7）〈私は…私小説作家に親近感を感じています。私の作品は常に「私」が中心に据えてありますから…私自身の視点で語っています〉と述べている。
4　中村三春「闘うセクシュアリティー―笙野頼子のレストレス・ワールド」（「国文学」99・1）
5　古橋信孝は『神話・物語の歴史』（ぺりかん、92・4）で、神話の時間意識を、共同体の世代の原理の投影として系譜の意味づけを行っている。
6　清水良典『極楽・大祭・皇帝』（講談社文芸文庫、01・3）解説
7　清水良典は『笙野頼子　虚空の戦士』（河出書房新社、02・4）で、〈神話を援用しながら神話の不確かさと呪縛からの脱却が試みられ〉た点を評価し、民間信仰や迷信と神話の呪縛を繋いでいる。
8　笠間良彦は『蛇物語　その神秘と伝説』（第一書房、91・7）で、伊勢神宮の摂社で社を持たない瀧祭神（蛇体）が祀られ、天照大神が祀られる以前の地母神としている。

イロニーとしての天国――『パラダイス・フラッツ』――赤間亜生

笙野頼子の作品には、〈部屋（＝居場所）〉にまつわる諸々の人間関係に煩わされる女性作家を主人公とした「なにもしてない」「夢の死体」「居場所もなかった」などの、一連の作品がある。こうした日常的な他者との葛藤ばかりではなく、笙野は「二百回忌」のように、死者との葛藤も描く。本作品は、生者、死者入り乱れての他者との関係の障害を作品生成のプロセスと絡めて寓意化したものである。

三十過ぎの独身で一人暮らしの女性が、定職に就くことなく「作家」という肩書きを背負うとき、世間では胡散臭い存在となる。主人公は、部屋探しのために否応なしに世間と関わらざるを得ない中で、自分の生き方、人格を傷つけられる。「結婚」や「仕事」において、世の中の圧倒的多数の人々と違うやり方で社会を生きようとするとき、世界はそれまで見せたことのない相貌を見せる。『パラダイス・フラッツ』は、そうした彷徨いの果てに、一応は見つけた「居場所」をめぐる物語と言える。

東京23区内の月読町にあるマンション、パラダイス・フラッツに住む〈私〉は、管理人・ナウィマチェによる、過度の視線と干渉とに責め苛まれている。元は売れない小説家・月野ナツハである〈私〉は、飼い猫に自分のペンネームと同じ〈ナツハ〉と名づけて可愛がっていたが、ナツハはある日交通事故に遭って死んでしまう。その百ケ日に事故現場に行った〈私〉は、一匹の猫に出会う。ナツハの死後、ペンネームを〈日野ルッコラ〉と改名していた〈私〉は、この猫に〈ルコラ〉の名を与え、一緒に暮らし始める。大人しくて病弱で神経質なナツハとは違い、ルコラは気が強く不思議なエネルギーに満ちた猫である。ルコラが来てから、〈私〉の小説は俄然売れ始め、知名度も上がっていくが、同時に〈私の感覚も時間も、それから住んでいるこの町も町の人も、みんなどういうわけだか本当におかしくなってしま〉い、作家として成功するのと反比例するかのように、〈私〉の生活は生きているという感覚さえ薄れ、現実感は希薄になり、空虚な欠落感が漂う。

笙野は後書きで、この小説を執筆中、新聞で「ストーキング」という言葉を知り、〈私の小説の主人公はこれにあっていたのだ〉と思ったと記している。今日その言葉は、異性・同性間の恋愛感情にまつわる一方的な思慕、もしくは未練の感情から起こる「付きまとい」の行為を想起させるが、笙野はこの小説で〈私〉の生活を絶えず脅かす、管理人の女性・ナウィマチェを一種のストーカーとみなしている。が、むしろこの作品から浮かび上がるのは、〈世間という視線の中で人が生きてゆくときに他者との関わりから生ずる、或る不可避的な「おぞましさ」の感覚〉(富岡幸一郎「ストーカー問題の本質えぐる」「日本経済新聞」97・8・24)である。その意味では、ストーカーはナウィマチェのほかにも存在する。留守番電話に、〈おまえは死んでいる〉というメッセージを連日吹き込むストレリチア姫。また、エアコンの空気にまぎれて、〈私〉をめぐるさまざまな噂話をエクトプラズマのように吐き出していく、無邪気な悪意に満ちた〈声〉。作家の〈私〉に無神経で浅薄な質問をしていささかも恥じることのない、厚顔無恥な雑誌記者。彼女たちの存在に、〈私〉は常に苛まれ、苦しむ。

おぞましい存在はそれだけではない。マンションの一階にある喫茶店・ソフィストに集まる、首や腕がない身なりだけの存在である異形の者や、店内で自殺するスイカの携帯電話をもったスイカ男。彼らは、この周辺に出没すると言われる幽霊の噂話に余念がない。ルコラの超常的な力を看破するお化けの老婆や、八十歳くらいのかつらを装着した霊能者の老人、三角関係のもつれで死んだ、ロックシンガーと取り巻きの女性二人の幽霊も居る。パラダイス・フラッツが、いや、月光や暦を支配する古代の神を祀った故郷の神社・〈月読（ツキヨミ）〉と同じ名称であるこの町全体が、死の匂いに満ちている。一見華麗できらびやかな都会の仮面をはがせば、そこには、故郷の神社に通じる、得体の知れない闇が振動している。

〈私〉は、月野ナツハだったころの記憶を「悪夢の管理人室」という小説で描いている。ナウィマチェに対して抱き続ける、表明できない煮えくり返るほどの怒りをぶつけたその小説は、書くたびに消去キーで全文を消去され、〈永遠に完成することなんかない〉作品であるはずだった。が、「悪夢の管理人室」は、毎日もう一人の〈私〉によって書かれ続けている。清水良典（『笙野頼子　虚空の戦士』河出書房新社、02・4）が指摘するように、「悪夢の管理人室」を書いては削除する、という行為を繰り返すうちに、〈私〉は次第に強くなっていく。特に後半、「悪夢の管理人室」最終回の執筆が何度も中断するのは象徴的である。怒りと悲しみの怨念を込めた「悪夢の管理人室」は、完成すれば消去される運命だ。もし、最終回が消去されてしまえば、怒りと悲しみは永遠に封じ込められてしまう。ナツハの怒りと悲しみがそれを拒否し、テクストの完成を拒んでいるのだ。

ルコラが人面猫になって、現実感を帯びた存在になるのは、〈私〉がどうしても完成させることができないこの最終回が、途絶し崩壊し始めたときである。ルコラは、心ない人間に虐待されて無残に殺された子猫の魂を宿す、人面猫となって現実に生れ落ちる。ナツハや〈私〉のように、そして、自殺した売れない女性作家のように、現実のなかのささやかな居場所さえ奪われてしまった、多くの魂の情念がルコラに宿るとき、それは〈私〉に強力なパワーを与える。「悪夢の管理人室」の情念が、作品の枠を打ち破って、『パラダイス・フラッツ』の中に溶け出し、作品中にリアリティをもって立ち上がってくるのである。

人面猫ルコラの力により、夜ごとナウィマチェ殺しを敢行する〈私〉。「悪夢の管理人室」を「書く」という行為によって、自分を取り巻く世界を相対化し、ナウィマチェと向き合うとき、卑屈な〈私〉はいない。ルコラとともに生きる居場所を守るためなら〈誰を殺してもかまわないような〉〈強い悪意を持つ〉ようになった〈私〉は、引っ越す決意をする。ここに至って、〈私〉はやっと明るい暖かい世界を手に入れたかのようだ。

しかし、ここまで読み進める間に、すでにある奇妙な感覚に読者はとらわれている。〈私〉（＝日野ルッコラ）は、皆が噂している、自殺したライター（＝月野ナツハ）の幽霊で、自分が死んだとわからず、彷徨っているのではないか。周囲はみな幽霊か異形の者のようであるが、〈私〉もまたその一人なのではないか。では、〈私〉の頭に侵入する、霊能者の老人の〈ビジョン〉＝（1メートルの白髪を伸ばして、病院のベッドで家出した猫の夢だけを見続けている、百三十歳の眠れる老婆となった〈私〉のイメージ）は何だろう。あるいは日野ルッコラも月野ナツハも、ナウィマチェも、すべてはこの、眠り続ける老婆の頭の中でめぐる夢に過ぎないのかもしれない。〈私〉もまた、実体のない、妖怪のような存在として、テクストの中に浮遊しているのである。

結末、彼女はナツハとルコラとともに、念願の家族用マンションで静かに暮らしている。日当たりのいい、広いマンション。そこは「天国」だ。部屋のビデオに映るパラダイス・フラッツの日常を淡々と眺める〈私〉。〈手応えのない幸福感〉で満たされた生活と、〈どんどん消滅して行ってる〉記憶。外界と隔絶した静かすぎるくらいに音のしないこの幸せな世界に、現実感はない。やはり、〈私〉は死んでいたのであろうか。〈生きる気力〉を持ち始めて〈変な町〉の〈理不尽な人達〉から遠ざかるべく脱出した〈私〉の居場所が、〈天国＝パラダイス〉にしかないというこの結末は、深いイロニーに包まれて静謐である。笙野にとって、他者との葛藤なくして、「作品」は書かれないのだから。

（仙台文学館　学芸員）

『パラダイス・フラッツ』——中村三春

「パラダイス・フラッツ」は初め「波」（96・1〜97・1）に連載された後、一九九七年六月に新潮社から単行本として刊行された。これは、猫とアパートと管理人と妖怪にまつわる幻想小説であり、また幻想小説を書く作家を描くメタフィクションでもある。そのような意味で、それ以前以後の笙野文芸のエッセンスが結実した、これまでの笙野作品の中でも、代表作の一つと言うことができる。

小説家の〈私〉は、東京の月読《つくよみ》町でパラダイス・フラッツという名のワンルーム・マンションに住んでいる。〈私〉はかつては月野ナツハというペンネームを使っていたが、今は日野ルッコラと名のっている。独身・女性・作家・猫を疎んじる周囲の人々の悪意との確執から、アパートを転々とする一連の小説を笙野は残しており、それが笙野文芸の太い柱となっているが、「パラダイス・フラッツ」はその最も典型的なテクストと言うべきである。〈パラダイス〉という言葉は、妖怪と幻想が横溢するこのアパート空間そのものの異界性を示すとともに、何よりもこのスラップスティックにおいて猫と密接に共同行動することの愉楽性をも含意し、さらには、それらが全体として、どう考えても天国的ではない悪夢性を帯びていることのパラドックスを表しているのかも知れない。

その〈私〉は、普段は本名で暮らしているので、ペンネームを猫に与えている。このことは、この〈私〉が世界との繋がりをかなりの部分、猫を媒介とする仕方で保っていることを示している。彼女の生活は、猫によって左右され、猫こそがその核心なのである。それこそが、幻想の端緒にほかならない。すなわち前の猫ナツハは交通事故で死んだが、事故現場で遊んでいた猫ルコラが来てから、〈私〉の書く小説が売れるようになり、同時に奇妙な事が起こる。それは妖怪の跳梁である。妖怪とは何か。その定義は、元々〈他人の不幸の嬉しい人々〉であったものの化身ということである。

幽霊は怖くない。妖怪も、生まれ付きの妖怪なら少しは粋だろう。だが人間から妖怪になったやつはというと、ただおぞましい。人の不幸を喰って肌をつやつやさせ、他人の涙を見物して目をぎらぎらさせ、怯えながら歩く人間を押し倒して、敬語を使うお人好しを踏みにじっていく……

言い換えれば、ストーカーである。文中には〈ストーキング〉という言葉が見られる。十三章から成るこの小説の各章題、例えば「他人の不幸が嬉しい」「覗き見だけが生き甲斐」「泣く人につきまとう」「弱者の聖域は侵す」「親切ごかしの監視」などに、ストーキングのニュアンスは明瞭に示されている。要するにストーキングとは、環境に充満する悪意の端的な表現なのである。

そのような妖怪ストーカーの中の代表選手として、妖怪ネーム・ナウィマチェと呼ばれるパラダイス・フラッツの管理人が登場し、〈私〉に嫌がらせをし、〈私〉の日常はそれによって幻想・妄想に乗っ取られた世界と化してしまう。〈この平凡な低層マンションがナウィマチェのステージで、ここは彼女が支配できる、世界の中心だった。そして、彼女はいつも、「受け手」を待っていた〉。ナウィマチェは〈弱みのある者〉になら誰にでもつきまとうのだが、殊にその「受け手」に仕立てられたのが〈私〉であったのだ。

そのためか、〈私〉は植え込みから顔だけを見せた七十五歳で死んだ老婆の幽霊、嫌がらせの電話をかけてくる声の妖怪ストレリチア姫、四階の端の部屋で自殺したライターの幽霊、覚醒剤に手を出して首を吊った薬屋の息子の幽霊・スイカ男、さらにはベーシスト、霊能者、若い美人など、これでもかというばかりにエスカレートする妖怪と幽霊の姿や声を見たり聞いたりしなければならない。夢とうつつの境界線はとうに廃棄され、このテクストはまさに、幻想のインフレーションと化したのである。

ナウィマチェの特異な性質の第一は、何よりもその言葉遣いであり、またミスマッチなファッションである。

——……ナウィマチェはざぁ、料理作ってざぁ、たーまねぎとざぁ、にーんじんと、そおれからざぁ。

「ざぁ」と言いながら目は急に丸く見開かれ、片足は爪先立ちになり上目使いになる。

この管理人妖怪ナウィマチェは、日野ルッコラがワープロで書きかけ、あるいは脳裏で構想しつつある小説「悪夢の管理人室」の主役でもある。この作中作の主人公はかつての月野ナツハである。作中作の中で、ナウィマチェは猫ナツハの存在を知り、行き先につきまとい、作家業に対して皮肉を言うなど、〈巧妙に、多分無意識に、ナウィマチェは猫を見逃す代償として私を侮辱し続けた〉。「悪夢の管理人室」は、ナツハの失踪と死の秘密をナウィマチェの仕業とするように構想されるが、結局完成されることなく放置されることになる。しかし、この作中作の次元とそれを書く〈私〉の次元とは、言説の水準において見分けがつかないまでに融合してしまう。

「パラダイス・フラッツ」は、テクストとテクスト内テクストとの間の差異を確保し、小説の論理そのものを小説の内部で追求しようとするメタフィクションというよりも、メタフィクション構造によって、テクストに対して、一般以上に強度な幻想性を付与する効果を上げているように感じられる。フィクションの堤防が決壊し、世界には悪意の妖怪が溢れ出るのだ。その結果、妖怪性は対象だけでなく主体〈私〉をも籠絡してしまう。

すなわちナウィマチェは、〈私〉に来た配達物を〈私〉自身が直接受け取ろうとすることにまで難色を示し、プライヴァシーを覗こうとしていた。留守中に部屋に上がり込んで洗濯機や冷蔵庫の中身をぶちまけて検分するナウィマチェを、〈私〉は透視能力で壁の外から監視し、とうとう怒りからネフェルティティに憑依された〈私〉が、ナウィマチェを〈メスよりも光る爪〉で殺害する。ネフェルティティとは、エジプシアン・マウと日本猫の混血だが、〈成猫になって雑種の血が出てきたといって殺された〉人面猫、要するに化け猫であり、それが毛色の分からない猫ルコラから出てきて、〈私〉に取り憑いたというのだ。ここに至ってルコラの不思議さの意味が判明する。だが、〈どうせ明日になればナウィマチェは生き返っている〉ので、ネフェルティティと化した〈私〉は、毎日、ナウィマチェを殺し続けなければならない。

こうして、ついに〈私〉自身までもが幻想の怪猫と化し、テクストには超越的視点は存在しなくなり、悪夢は全面化するのである。結末、数々の妖怪・幽霊と幻想に苛まれた挙げ句に、〈私〉はパラダイス・フラッツを出ることになる。拒絶する〈私〉に逆らってまで、引っ越し荷物の中身を見ようとする管理人の干渉に悩まされながらも、引っ越そうとする直前、突然ナツハが戻ってきた。だが別の部屋に引っ越した後も、〈私〉は相変わらず、あのパラダイス・フラッツの悪夢を見続けなければならない……。

人間誰しも、生きている限りは何らかの住居に暮らし、何びとかの隣人と関係を持たなければならない。この空間と関係に関わる拘束は、程度の差はあれ、社会的存在者としての人間の摂理というほかにないだろう。だがこの摂理は、極めて重大でありながら、その上に社会生活が構築される基盤として、日常は余り意識されないままに存在している。笙野のテクストは、環境の悪意を契機とした幻想の跋扈を手段として、その様相を異形なほどにまで異化して行くのである。〈私は、天国にいた〉。この結尾の一文は、あの異界性・愉楽性・悪夢性すべてを具備した、ある途方もない空間の様相を紛うことなく示し得ている。天国《パラダイス》、この多義的な言葉は、現代という時空間における、笙野頼子の文芸世界の謂にほかならない。

（山形大学助教授）

『東京妖怪浮遊』――守屋貴嗣

一九九四年九月に『姑獲鳥の夏』、九五年一月には『魍魎の匣』と、最新作『陰魔羅鬼の瑕』（03・8）まで都合七作八巻をかぞえる京極夏彦の人気シリーズ、通称「京極堂シリーズ」が刊行されるが、小説家というよりも文士的な関口巽と古書店を営む京極堂が謎を解き明かしていく、これらの作品によって京極夏彦ブームが巻き起こり、それだけには留まらず、土俗的妖怪人気の契機にもなっていく。また、〈荒俣宏の『帝都物語』や夢枕獏『陰陽師』、京極夏彦の京極堂シリーズといった小説などを中心とした静かなブームがあった。これを助走にして、夢枕の小説をコミック化した岡野玲子の作品が爆発的なブームに火をつけた〉（小松和彦『安倍晴明「闇」の伝承』）との指摘があるように、陰陽師ブームをも併発した。

また、望月峯太郎『座敷女』（講談社KCデラックス、93・7）という漫画がある。深夜午前二時、アパートの右隣、山本くん宅のドアを激しく延々と叩く女がいた。何気なくドアを開けた事から、主人公・森ヒロシの恐怖が始まる。長い髪、長身、ロングコート、伝線したストッキング、紙袋……。サチコと名乗る女は、その日からヒロシに付きまとい、肉体的、精神的に追い詰めていく。サチコの正体は具体的に明かされることはなく、都市伝説の「妖怪」として描かれる。ストーカーとしての怖さも描かれているホラー漫画である。

民俗民話の伝承、都市伝説としての噂の伝播との違いはあれど、この二つに共通するのは、「理解の出来ない怖いものである」ということある。現代科学が常識として流通している目で見れば「妖怪」など存在し得ない。たとえ平安の時世であってもである。だが、平安朝の人々の日常には妖怪が存在し、あるいは「見た」のである。都市伝説も同じで、「サチコ」はいない。しかし「サチコ」のような人物は居り、また居そう、なのである。笙野頼子は、その様な「理解の出来ない怖いもの」を「都市伝説」と「妖怪」を合わせた形で、『東京妖怪浮遊』という作品に仕立て上げた。

『東京妖怪浮遊』は一九九八年五月、岩波書店より刊行された。収録作品は「東京すらりぴょん」（「毎日新聞」日曜版96・4・7〜6・23）と表題作の「東京妖怪浮遊」（「へるめす」「世界」97・5〜98・4）。「東京妖怪浮遊」は、「単身妖怪・ヨソメ」「触感妖怪・スリコ」「団塊妖怪・空母幻」「抱擁妖怪・さとる」「女流妖怪・裏真杉」「首都圏妖怪・エデ鬼」からなる短篇連作である。

東京の〈豊島区雑司が谷の1LDK〉に住む四十代の女性小説家が主人公。この主人公は〈上京してすぐに八王子に六年住み、その後小平に一年、中野に三年、今の雑司が谷が二年目になる〉人物で、〈都会に出た女が結婚をせず、子供を産まず、恋愛もせず、体も売らず、一生勤められるという保証もなく、自活しているかどうかはともかくとして、なんとか、ずっと東京で生きていると四十前後で、急に妖怪になってしまう。〉のである。妖怪の種族名は「ヨソメ（四十女）」と名付けられ、途中からは種族名というよりも、むしろ作者である笙野頼子と同一化することを読者にうながす固有名と化す。

〈三十代以上、未婚、子ナシの女〉はたとえ美人で仕事ができても〈負け犬〉なのだと自虐的に裁断する（酒井順子『負け犬の遠吠え』講談社、03・10）新たな認識が、現在世間を風靡しているが、「四十前後、未婚、子ナシ（恋愛も無し）の女」を笙野は既に「妖怪」と定義づけていたのである。

作者自らを「ヨソメ」とした後、飼い猫・ドラもまた妖怪化する。ドラは〈でねの。きっでだつい。やゅよん。きゃっいだっつ。〉（出ません。大嫌い。いやよ。きらいだい。の意と主人公は判断する）、〈かまってよっねーい。つっつーと、か、じんるのよ、っ。〉（遊んでおくれよねえ、遊んでくれないと思いっきり噛みついてやるんだから。）と不自由な手で限られた語彙を駆使しながらワープロ文を打つ。本を読み、言語を使用して意志表示を行おうとする飼い猫・ドラの、この不自由さ、難解さ自体が、「わからないもの」となり「感触妖怪・スリコ」となる。

たまたま読んだ女性作家の書いた、真杉静枝の通俗的伝記（林真理子『女文士』）と、きちんとした美しい日常生活というものの抑圧が混ざり合って出現したらしい妖怪「裏真杉」や、現実世界では「編集者キナシ」の仮面を被っている妖怪「空母幻」があらわれる。「編集者キナシ」の鈍重で厚顔無恥な幼児的自己愛に対する「ヨソメ」の嫌悪と不快感は、小説全体のバランスを危うくしかねないほど長々と克明に語られる。この「編集者キナシ（空母幻）」の存在を笙野は未だ未消化らしく、以後の作品・エッセイ・講演でも散見できる。

笙野頼子の他に「理解の出来ない怖いもの」を描く日本の作家として、村上春樹がいる。笙野との共通点として、共にアメリカの幻想文学作家・ラヴクラフト（Howard Phillips Lovecraft）の影響を指摘できる（笙野頼子「女、SF、神話、純文学」「三田文学」04・5、大塚英志『物語消滅論』角川ＯＮＥテーマ21、04・10）が、村上春樹が『アンダーグラウンド』や『世界の終わりとハードボイルドワンダーランド』の「やみくろ」として描いた「理解の出来ない怖いもの」は暗闇に覆われた地下に固執しているのに対して、笙野頼子は「妖怪」を東京上空に「浮遊」させ、鳥瞰的視点から世界を描写する。この点は、互いの作家としての資質の違いとして指摘していいだろう。

「ヨソメ」と同一化して読者が読むことになる作者の笙野頼子は、「浮遊」を手がかりに、自分の住んだ東京の場所と土地を、独特の都市空間として〈実感として生き〉、「ていねい」に書き尽くそうとすることで、妖怪小説ではなく、都市小説の方へと、ふわりと身体を浮かせる。画面を斜めの直線や曲線が区切る広角レンズで撮ったような写真が、飼い猫の写真と共に本書には数枚収められていて、例えば安部公房の撮った写真などに比べれば一目瞭然の、見えるものに対する愛着の深さを、ひっそりと示しているのであり、「ひきこもりがち」で「孤独癖」の強いとされている作者の、これまでの作品のほとんどが、実は土地を絶え間なく移動する視点によって書かれていたことに、改めて気がつく。

〈伊勢出身の私が連想したのは、鳥羽から伊勢へと働きに来ていた何人かの女性の記憶だった。共同体の中できちんと育てられたタイプの、初対面の相手に彼女達は個人情報を徹底して尋ねる。尋ね尽くして、自分と相手の「上下関係」を見きわめた後、おもむろにどういう口のきき方をするか決定し、それから交際するのだ。〉という「地方」から移り住んだ東京の、町の目立たない片隅の自動車道路や商店街に接した八王子や中野や都立家政や鬼子母神という空間を、「浮遊」しながら移動する笙野頼子の都市小説には、どうしても「妖怪」の出現が欠かせない。

〈もともと普遍的思想と、人類全体をつなげる、というような方法論を（略）用いない。自分の体感と個人の思考をつなげて、見える範囲の世界に仮説を立てるだけだ〉（「単身妖怪・ヨソメ」）と、本文中に語られる創作姿勢は、現在まで笙野作品に一貫している。この一貫した姿勢の上で、夢、ワープロ、猫、妖怪、が現在笙野作品を論じる上でキーワードとして散見している。そのキーワードのうち、「妖怪」が初めて登場した作品が『東京妖怪浮遊』なのである。

（法政大学院生）

『説教師カニバットと百人の危ない美女』——野寄　勉

『20歳を過ぎたらブスはあなたのせい』（三浦天紗子著、インフォバーン）、『ブスの開き直り』（北原みのり著、新水社）、ともに発刊された二〇〇四年九月、なんだかすごいことになっとるな、と思わせる表題に掲げられるブスという単語も、女性が女性に対して（にのみ）使用が認められると前提されるから、あけすけな壮語をさせているのだろうか。後書は〈私程度の「ブス」がブスを名乗〉り、〈「ブス」を売りにするのは、とてもとてもつらい。〉としながらも、

本物のブス不足の時代だ。ブスを敢えて放置する、ブスを俯瞰する剛毅な女が、徹底的に不足している。文芸界で言えば、ナンシー関不在の今、笙野頼子さんひとりがその道に立って闘っている。

と名指しするのは、無論両人のラジカルさに敬意が払われているがゆえである。ナンシー関の〈私は小さい頃からこんなんでしたから、自分のことを規格外だとずっと思ってたんですよ〉という、女としての規格内に入るのを諦めたのではなく、はなから規格とは〈異なる場所にずっと身を置いていた〉という立ち位置に衝撃を受けつつ、そう言い切れることの天才ぶりを賛嘆しているのだから。

あたかも規格が既存のものとする醜貌をめぐる暴力は、ブスに代表される悪口雑言だけに限らない。気配りの〝善意〟の矢もまた、痛い。痛みに耐える自分を、努めて涼しい顔して防御するために、たとえば美貌の伴侶を

獲るとかいったすり替え決着が適わない場合、不可欠なツールは、畢竟、言葉である。容貌と異なり如何ようにも操作できるこの防具は、我が身に向けられる武器でもある以上、恋愛や結婚にまつわる強迫観念に抗する本作に、清水良典が発した反語〈『こばと会』ならぬ『ことば界』に、これほど肉薄し対峙した『フェミニズム』がかつてあっただろうか。〉（『笙野頼子　虚空の戦士』P.145　河出書房新社、02・4）は、すんなりと得心される。

＊

この作品の語り手である小説家八百木千本は、一九八一年群像新人賞でデビュー後十年間は著書に恵まれなかったが、その後取った幾つかの文学賞でようやく世間に認知され、不自由なく生活できるようになったという経歴は、作者・笙野頼子と重ねて読めるように意図されつつも、それを禁じる理由は、のちに記される。

〈これまで孤独に耐え得、結婚をしなかったのはなぜ?〉と問われても、選択の余地などない、揺るがしようもない程、確たるブスだった。今も夢に蘇る、十代のバレンタインデーをめぐる悲劇以来、恋愛を封殺した。自らの立ち位置を規格の外に据えたことになる。何十年も経た今、もう慣れてしまったし、それなりに幸福だ。醜さは芸であり、私有財産であり自己表現である。〈ブスの私小説〉を書くことが許されるのは本人――八百木千本だけだ。――決して売れてはいないが使うと雑誌にえもいわれぬ特色が出る。すなわち、「ブス物」がブラックユーモアとして成立し、普通の〈容貌に恵まれた〉女性の強迫観念を挑発する事で、共感を得ている。小説という表現の獲得は、存在証明であり経済的安定の保証でもあるから、〈今日日、並の生活力と常識があれば、結婚なんてただの「出来心」〉と喝破することすらできる。〝負け犬〟としての幸福が、ことさらに言挙げされるのは、自分を正当化しなくては生きていけないことが強烈に意識されているからではないか。

〈平穏はいつまでも続くはずがない。そのうち何か悪いことが起こる〉という持ち前の心配症が疼き始めるのは、結婚しなくても良いという信念が揺れ出した、ということであろう。結婚問題について真正面から向き合うことを避けていた債務が経年変化して、結婚願望ばかりが突出した女性集団・巣鴨こばと会として顕在したのである。精神的支柱である説教師カニバットは、女性差別的女性論を書き続けたタカ派文化人。日常と恋愛、男と女についての被虐的なアジテーションは、現実からずれた内気な未婚女性達には、耳に痛《イタ》気持ちよくころがったものだが、師の衰えとともに、かつて一万人を越えた全国組織も百人程度に縮小している。結婚によって救われたい気持ちは揺るぎなく、信望したカニバットがあてにならなかったことを今さら自明化もできない以上、八百木に責任転嫁するわけだ。その残党の女たちから、八百木のもとに際限なくファクシミリが届く。

うるさい程の敬語、年齢がすぐ判る趣味や固有名詞、無駄な淑やかさ、不毛な上品さ、空回りする清楚さ、わざとらしい女らしさ、建前とルサンチマンの激しい葛藤、歪んだ世界認識、ずれまくりの自己像……内容はいずれも、美人であり、結婚に向けてカニバット様のお教えを従順に受けてきた私達が今だ結婚できなくてやきもきしているというのに、ブスでありながら泰然自若としているのが許せない。結婚や容貌について、もっと悲観的になって私達に溜飲を下げさせろ、という怨嗟である。

この難癖に対して、(——八百木注)とツッコミを入れるのは、受信する八百木千本だけでなく、作者もまた(——笙野頼子注)として作品内に乗り込み、こばと会にも八百木に対してももの申す。

平安な日々を与件とみなせば、迷惑な闖入者に過ぎないこばと会とは、八百木の内部に燻る想念であり、断ち切れてはいない〝もう一つの人生〟への揺らぎ・ざわめきということになろう。この動揺を観測する地点が(——笙野頼子注)として確保されるのである。だからこそ、自分の顔の不細工さを冷酷なまでに活写し、ことあるごとに私小説作家を自称する八百木千本は、作者・笙野頼子と別人ではあっても、相似形でなければならない。

あなた方がいてこそフェミニズムは完璧になるのだと、こばと会に試みる説得は、その多弁によって、いつしか自家中毒に陥ってしまうのだが、彼女たちからの解放を諦めた途端、解放される。お化けだから天の邪鬼なのだ。最後に登場した会員番号No.100から、八百木責めの終了が告げられる。〈あなたを相手にしていても王子様はやって来ないからです。／自分の真の究極の結婚の事以外に、まったく何の興味もないのです〉と、襲来の根拠同様、終わらせる理由もまた身勝手なのは、こばと会の存在自体が、そもそも八百木の想念の自噴であったわけで、こばと会説得の体裁をとる、八百木自身の自解によって、想念は封殺できるものではないことに得心がいき、噴出が終息したということなのだろう。しかし、ごく普通の善良な男性は、こばと会よりも凶悪だし、こばと会にしても全滅したわけではない。お化けは死なない。マグマ溜りに、しばし滞留しているだけのことだ。

＊

作品が随所に多様な読みの可能性を仕掛けているなかで、拙論が「ブス」という言説をめぐることで終始したのは、主人公が猫にしがみつくところで作品が締め括られるからだ。触れるという行為の前には自己満足のための自己投資、それが猫であることや、作者が実際に猫好きであることは、この際関係あるまい。

獣臭い事が愛しい首筋や何かをまぶしたような足の裏や、溶けたアイスクリームのようにくちくちと体液に濡れた鼻に接触した。猫を嗅いで触れ、猫と並び眺め、猫と煮干しを分けて喰らい、猫の尾に打たれ、猫を暖めた。

ビリー・ハーパーの「誠実さと心熱の高さ」がスウィングする中、暖かな接膚感が味わえるならば、そこで結ばれる関係に、もはや「言葉」は不要になるからだ。

（千葉英和高等学校教諭）

『笙野頼子窯変小説集　時ノアゲアシ取リ』

――窯変する「時」の物語――

渥美孝子

本書は、一九九五年から一九九八年までに発表された短編九編に、書き下ろしの一編を加えて、全十編を収めた短編集である。ここに描かれているのは、世界が自分に向けて繰り広げている抵抗感のようなもの、と言ったらいいだろうか。何かに支配されているという非主体の感覚、それは人間を時間的存在へと還元する。突然降りかかる出来事、異物の侵入のような記憶の訪れ、反復される日常……。そうした〈時〉からくりの中に、世界に対する違和感を取り出して見せたのが、この短編集と言えよう。タイトルの〈窯変〉とは、陶磁器の素地や釉薬などが炎の作用によって変化することであるが、ここで世界を窯変させるのは〈時〉なのである。

冒頭に置かれた「時ノアゲアシ取リ」(98・11)は、まさに落とし穴のように待ち構えている〈時〉の悪意に翻弄される話である。冷蔵庫にチーズをぎっしりつめる。ゆっくり食べる。それは、〈私〉=沢野千本にとって、仕事や雑事からの束の間の解放を愉しむ〈貧乏贅沢な時間〉のはずであった。だが、〈時〉はそんなささやかな安穏をさえ許さない。そんな時に限って、つけ込むように〈事件〉が起こるのだ。チーズを冷蔵庫に詰めた二日後、母の癌が判明した。帰郷して四ヵ月半看病し、見送った。編集者とのトラブルがあった。父の手術が決まった。某新聞記者の記事に怒り、文学論争の準備をする。同時進行で父の病気が再発し、伯母が交通事故死する。十五枚の短編小説さえ「無事」には終わらない。それは作品それ自体の窯変というより、環境の激変に翻弄されるのだ。時のきまぐれに支配される。安心しようとすると時がやっつけに来る。

〈時のきまぐれ〉は、世界の加虐性として〈私〉に感受される。身体は悲鳴をあげ、あちこちに異常をきたす。それでも性懲りもなくジンクスの種であるチーズを買い込む。そうしてついにやって来た〈のどかな日々〉にチーズを食べながら思うのは、〈完全でない幸福ならば許されるのだ〉ということであり、母の〈一周忌の時の涙も出ないがつがつした怒り、あれは無常観が煮えくりかえっている状態だったんだなあ〉ということである。それが判るまでに要した時間、すなわち、こうした認識をもたらすのもまた、〈時〉の窯変作用ということになる。

笙野は〈無常観〉という言葉が本来持つ生々しさを、あらためて喚起する。それは悟りすました諦念などであり得るはずもなく、まさしく〈怒り〉に身をあずけるしかないものなのであろう。一九九六年九月、笙野は母を亡くした。短編集『時ノアゲアシ取リ』の基底をなすのは、この個人的体験である。突然切断された〈時〉に当惑し、身もだえし、やがて深い虚脱感にとらわれる。それを追体験する言葉の作業として、『時ノアゲアシ取リ』をとらえることができる。たとえば、母の死以前に書かれた「一九九六、段差のある一日」（96・夏）。この小説は、〈一九九六年五月一日・なにをしていたか〉というテーマの原稿依頼があり、五月一日自身と直接対話しようと待ち構えていたのに、五月一日はどこかに紛れ込んでしまい自分の所にだけ来ない、といった奇妙な設定で始まる。実は、その日は〈身内〉の看病のために伊勢に帰郷していたのだが、母の病に付随して〈気が付くとまさに来ている〉という感覚でとらえられた〈時〉は、最後に置かれた「一九九六・丙子、段差のある一年」（書き下ろし）と呼応させられることで、母の死という、より大きな〈時〉の〈段差〉＝ひずみの予兆となる。

「使い魔の日記」（97・1）では自分の命の火を操っている誰か、が想定されて始まる。ここに母のことは出てこない。この短編は、土俗的な蛇神の〈使い魔〉として、その用事をこなしていく〈私〉の、日々の日記という体裁をとる。〈何かを届けて、何かを土に埋める一日〉もあれば、菜箸で〈首を片付ける用事〉の日もある。〈私〉に指令を出す蛇神は、竜神に首ねっこを押さえられており、愚痴っぽく、疎ましい存在にすぎない。だが、逆らうことはできない。支配／被支配の関係は、権威とは無関係に、与えられた設定を受け入れるところから始まる。いやいやながらであろうと、そのようなものとして受け入れて、淡々とこなしていく。この幻視された日常は、理不尽な〈時〉そのもののメタファーと言えるかもしれない。

「壊れるところを見ていた」(97・1)が描くのは、身体レベルでの自己の解体である。〈あれ〉が死んでから、〈私〉は〈あれ〉の名前もふくめて一切の記憶を喪い、〈あれ〉は夢の中にしか出てこられなくなった。〈私〉は夢から覚める度に〈何か壊れたようだ〉と思う。記憶は夢の回路に変換され、〈私〉は夢魔そのもののような身体を生きることになる。一面に縄目文様が刻まれ、窯で焼かれるのを待っている裸の脳、バスタブにのせた首だけがずるずると伸び、うねった胴体を引きずってアイスクリームに舌を鳴らす浅ましい姿。それらは、以前の輪郭を喪った自己のメタファーである。看病での些細な失敗に脅迫される夢、その醒め際に見る夢の後ろめたい感覚……たとえば、小さい金色の蛇を一口で噛み潰す夢の、嫌な舌の感覚。そうした夢の際限のない増殖の中に、何もしたくない、生きている実感もない日々が綴られる。

「夜のグローブ座」(97・3)は、〈たま〉というバンドのコンサートに四日間通った記録である。そのきっかけは、〈母親を亡くしたせいで陥った〉放心状態の中で見たビデオだった。そのコンサートビデオには〈人のトラウマを刺激するような何か〉があった。そこで、毎夜新大久保のグローブ座へ行くという行動を繰り返すことになる。そうして見出したのが、〈たま〉の持つ〈叙情でくるんだ残酷、幼い犯罪性〉であり、それに惹かれて〈子供返りしていた〉自分自身であった。言わば、この四日間は笙野版〈失われた時を求めて〉ということになろう。「時ノアゲアシ取リ」で、ジンクスという名の反復をあえて行う破滅衝動が〈時〉への抵抗の一つの相であったように、笙野にとって〈反復〉は、〈時〉を自分の手元に引き戻すための手だてであるらしい。

「一九九六・丙子、段差のある一年」が扱うのも、〈いない母〉の存在感である。『母の発達』という小説では、〈出来る限り、あらゆる、「悪い」お母さん〉を書いた。だが、書き残した〈母〉がまだあった。〈私が本当に感じている〉母の姿だ。それが小説内小説の「短編・ある晴れた日のお母さん」である。この短編の母には子供がいない。何にも縛られない、ただお母さんというだけの存在。そのお母さんは山奥の畑の真ん中に袋をさげて出てくる。そうして山の中に帰って行く。頭の中の母の消息が判って安心するその場面で、〈以下十行抹消〉と大書される。末梢されたのは、病気になった母の奇跡的な回復を記した一節である。だが、その〈狂気じみたリアリティ〉にも拘わらず、母は死んだ。逆に言えば〈以下十行抹消〉とは、『母の発達』を書いたことと母の死を結びつける人々に対する〈否〉の表明でもある。母を失う日への覚悟はあった。ただその唐突さに動かされたのだという。〈煮えくり返る無常観〉から時が経ち、今は頭の中に引っ越した〈幼児のようできままなところのある面白い母〉とともにあり、その母を、他の干渉を受けない〈私のもの〉と宣言して、この小説は終わる。

他に、脳内散歩のかたちで遠い昔の記憶の痛みに向き合う「魚の光」（97・4）、〈わけの判らない未来〉を封印するために亀の置物を飾り、にもかかわらず瓦解した信頼関係の中に立ちすくんでいる姿を描いた「蓮の下の亀」（98・1）、そして三日間の休日のとりとめのない行動を記した「すべての遠足」（98・1）などがある。これらの小説もまた、拠りどころだった母の不在を背景にしている。母の死が呼び起こした〈あれはなんだったんだよええあれはあれはあれは〉（「すべての遠足」）という怒りをなだめ、喪失に耐える〈時〉のありようそのものが語られているのである。

（東北学院大学教授）

『笙野頼子窯変小説集　時ノアゲアシ取リ』

――「時ノアゲアシ取リ」ニ取ラレルアゲアシ――

水野　麗

笙野頼子の小説を読むと、その圧倒的な筆力のために疲労感を覚えてしまう。どの場面でも状況が切迫しているので、簡単に読むことを止められない。途中で本を閉じると、小説を見捨ててしまったような罪悪感が残る。だが、なぜこんなにも疲れてしまうのだろうか。

『笙野頼子窯変小説集　時ノアゲアシ取リ』の冒頭に収められた短編小説「時ノアゲアシ取リ」は、簡単に言えば、〈沢野千本〉という小説家が彼女の日常を語る「小説」である。しかし小説集を通して読み、出版年を確認すれば、〈沢野千本〉の小説は、実際に読者が手に取っている『笙野頼子窯変小説集　時ノアゲアシ取リ』の収録作品とリンクしていることが分かる。さらに、

私小説ならば「事件ばっかりでリアリティがない」と言われる程、続きに続いた。まあ私は「いわゆる」私小説は書かないのだけど。

という文は、架空の人物〈沢野千本〉が彼女自身の著述方針を述べたものであるが、現実の小説「時ノアゲアシ取リ」の著述の方法と重ね合わさる。そこからこの小説は、大正期に全盛を極めた「いわゆる」私小説の形式ではないけれども、別の形の私小説なのではないかという推理が働く。つまり結局は、作者自身をモデルとした作品なのではないかと思わせる。それゆえ、作者と登場人物を同一視してはいけないという読書のルールがある

にも関わらず、「時ノアゲアシ取リ」とこの小説集の収録作品は、虚構と現実を厳密に区別すべきストイックさからの堕落を誘う。そしてあたかも作者の日常生活や、書き続けている現場に立ち会ってしまったような気分に陥る。このように書くと、表現のリアルさを褒め称えているように見えるかもしれないが、そうではない。笙野頼子の「私小説」的な作品は、本質的に人を巻き込むようなずるさを持っているのだ。

「時ノアゲアシ取リ」の語りの出発点は、チーズの〈詰合せ〉についての記述〈ラベルはがし終えて、臭いを確認した状態で、卓の上にある〉ところからである。だが、このチーズは食べることをためらわせるほどの臭いを放っている。また、主人公にとっては、チーズそれ自体が不幸を引き寄せる一種の危険物である。仕事とトラブルと体の不調が続く中、〈私〉はつかの間の休息にチーズを買う。するとまたトラブルが起きる。まるで〈チーズにトラブルがくっついて来て〉しまうかのようである。家相や風水といった占いをもとに、チーズとトラブルの因果関係を説明するために、様々なエピソードが語られる。チーズを目の前にしている現在から、その日一日の時間の流れ、数年前から今までの月日の流れが、笙野頼子の文章力の粋美とでもいうべき複雑な構成で記述されていく。

この小説を読む者は、こうした主人公の思考の流れに、単なる「読者」としてではなく、「当事者」として巻き込まれていくだろう。文章の力と出来事の痛ましさに引き付けられ、見捨てることができなくなるからだ。なにしろここ何年か短編の予定と結果は、結局いつもずれた。十五枚の短編さえ「無事」には終わらない。それは作品それ自体の窯変というより、環境の激変に翻弄されるのだ。時の気まぐれに支配される。安心しようとすると時がやっつけに来る。背中を蹴りあげあしを取り落とし穴を掘り、だからと言ってその事で私をあざ笑うわけではない。ただ淡々として、「やってくれる」。

書く主体〈私〉は、作品を支配する強者でもなければ、超越した存在でもない。生身で、簡単にあげあしを取られてしまう可哀想な存在なのだ。だが、簡単に「可哀想」とは言わせない手ごわさも兼ね備えている。〈時〉は〈私〉が安心しようした時に〈やっつけに来る〉という非情なものである。これを甘んじて受けるほかない〈私〉の苛立ちと、救ってもらう手立てのない孤独の深さが、同情をはねつける。「時ノアゲアシ取リ」のもたらす疲労感は、同情を拒絶するようでいて、実は苦しみを延々と訴える独特の語り口によって、読む者を依存させることでもたらされているのだ。

改めて考えてみれば、本来「無事」に創作された作品などというものは存在しないのだろう。時間や環境によって「小説」は否応なしに変化させられてしまう。〈目の前〉にあるのは〈窯変〉したものしかないのだ。本質的に「創造」とは、〈時〉にあげあしを取られるものなのであり、もし仮に作者の側で何事も無く済んだとしても、読むという行為そのものが〈窯変〉をうながす。人間はいつも何かに巻き込まれ感情を左右されながら、書いたり、読んだりしているのだ。時のあげあし取りに対する無力さを宿命付けられた人間の生活は、頼りなく、不安で、慌ただしい。

しかし小説の後半で突然、それまでの語りとは異質の次元から、突き放したような声が掛けられる。

「――で、味はどうだったの」。

これは〈沢野千本〉を操るメタ的な作者の声なのか、小説内に想定された聞き手の声なのか、それともチーズの話になかなか戻らないことが気に掛かる現実の読者の思考をくみ取ったものなのか。いずれにせよ、この唐突な一言から、作品は非情に美しい展開を見せる。

ゴミ箱の中に長く入ってる黴臭い物のような臭いがする、味はあっさりしててシャコの身のようにぽくぽくしてるの、口中で自然に割れて塩味が粉になって来て、乳臭さというものはまるでないのだけど、甘味のないミルキーみたいでしかもさらさらしてるの、でもうんこ臭いの。

人生の幸不幸を象徴するかのような、〈うまい〉と〈臭い〉。相反する複雑な要素が一つに凝縮していて、どちらか一方だけを取り出すことのできない、そのような一片を〈食べる〉、つまり血肉化していくのである。腐敗による変化によってのみもたらされる〈枯れた清らかな味わい〉は、まさに生きることそのものの隠喩となっている。災厄は、生活のすべてに痛々しい刻印を刻んでいるが、それゆえ〈沢野千本〉の暮らしは美しい。〈私〉は扇風機の風邪で臭さを洗い流すことを思いつき、「うまさ」だけを取り出すことに成功する。だがなぜか扇風機を止めてしまう。のどかで平和な朝だが、〈チーズの臭さというものが何か幸福を間抜け化〉していると感じた〈私〉は、〈完全ではない幸福ならば許されるのだ〉と気付く。ところが再び唐突に、バターを塗ることで臭みを和らげるという別の食べ方を思い出す。チーズと人生をめぐる因果の答えは、臭いを無かったことにして洗い飛ばすやり方から、似て非なる物を足すことによって穏やかに中和させる知恵に至るのである。

「風に吹かれ」、私は再度冷蔵庫から出したバカチーズに日本の賢いバターをさーっと塗る。これを塗るところまで来るのに、何年、いや何行、掛かったのか。

単行本で一八ページ、三〇三行かかった、紆余曲折の記述に書く方も読む方も引きずり回される、これはまぎれもない「小説」なのである。

（秋田工業高等専門学校講師）

『てんたまおや知らズどっぺるげんげる』——分身的文学論争と脳内環境——

梶谷　崇

なんとも奇妙な表題である。〈てんたま〉は知らずとも、〈おや知らズ〉と〈どっぺるげんげる〉を単語として認識して、辛うじて三題噺だったかと理解する。だが、気の利いた小噺かと思いきや、単に物語の中に登場するキー・ワードを羅列しただけのようだ。いや、お題だけではない。主人公・沢野千本の意識を羅列することで、この作品は成り立っている。曰く、〈脳内環境実況中継〉である。脳内を絶え間なく移ろい行く観念やイメージの動的な流れを、沢野は怒涛の如く語りたおす。まさしく〈世紀末饒舌体〉だ。

主人公・沢野千本は、笙野頼子の芥川賞受賞作「タイムスリップ・コンビナート」（94）の主人公である。そして沢野は作者・笙野頼子の本棚に住まう存在でもある。笙野は〈文学論争小説〉を書くために、再び沢野を〈ポケベル〉で呼び出す。沢野は〈もう引退してのんびりしたいのだが、本人は死ぬ気でやるらしいので、今回の論争にも協力するしかない〉と、主人公を引き受ける。〈自分がどんな体でどんな声を出していたキャラクターだったかももう忘れている〉となんとも頼りなげな沢野であるが、「タイムスリップ」の海芝浦への道行きで見せた、目に見える現実を次々に脳内異化し、文章化してゆく沢野独特の語り口はいまだ健在だ。野谷文昭は、次のように笙野作品の語り口や作品世界を分析する。

半覚醒というこの中間的状態、夢であり現であり、夢でなく現でもないという不思議な状態は、この作家（笙野頼子―引用者注）特有の幻視空間で、読者はそこに誘われるとき、見慣れた日常風景がいつの間にか歪んでいることに気づき、戦慄を覚えるだろう。

（「笙野頼子論―マジックとリアリズムのはざまで」「文学界」97・6）

夢か現か、〈文士の森〉に〈文壇妖怪〉が跋扈するという、〈半覚醒という中間状態〉の〈幻視空間〉に、ある人は一瞬たじろぎ、この作品を読み進めることをためらうかもしれない。しかし、自分自身の脳内に広がる現実の風景もまた、それとそれほど違うものではないのではないか。そう気づいたとき、〈この作家特有の幻視空間〉に対して〈戦慄を覚える〉というよりはむしろ、不思議な親近感を抱くのだ。

ところで、ここでいう「文学論争」とは、一九九八年頃に笙野頼子が文壇やマスコミの〈純文学叩き〉に対して行った一連の「文学論争」を指している。当時笙野は〈文士の森〉（＝純文学）を、〈文壇妖怪〉から守るために闘っていた。『てんたま』は、ちょうどその時期に書かれた表題作を含む四つの文章からなっている。「文学論争」を繰り広げる作者・笙野頼子を演じる沢野は、笙野の分身《どっぺるげんげる》的存在である。だから、作品内では闘う作家・笙野の〈脳内環境実況中継〉が延々と饒舌に語られて行くようにも読める。当時の「論争」を多少なりとも知るものならば、思わず笙野の内面が描かれているものと、私小説的に読みたい衝動に駆られるかもしれない。

しかし、このような作家論的な読み方への衝動を、あっさりといなしてくれるところがいい。というのも、作者・笙野本人が作中に登場してしまうからだ。暴走する沢野をたしなめ、間違いを訂正し、補足説明を試み、話がつまらないとこぼす。さらには沢野が文壇の悪口大会を繰り広げるところに、突然作者・笙野の読者へのお詫びの言葉が挿し込まれてしまうのである。〈――ああ沢野の馬鹿、読者飽きてきたわ当然よね、ごめんね――笙野記〉かと思えば、沢野は沢野で、個人的な「日記」で笙野の批評を行うやら、愚痴をこぼすやら。挙句の果てに作品世界内で作者・笙野に電話をかけて会話まで交わしてしまう有様。〈――すみません今大丈夫ですか。私あなたが論争用に作ったキャラクターの沢野千本と申しますが。〉一方の作者・笙野は沢野に対し、〈——ううう。あなた怒って怒って悪口ばっかり言うとしまいにお仕置きだわ。〉

　キャラクターと作者と、そして読者まで巻き込んで作品内はひとつの劇場的空間の様相を呈す。演出家・笙野と、その演出家本人を演じる俳優・沢野。彼女らは〈文学論争〉劇を作りあげようとするが、いつのまにか演出家自身が舞台上に立ってしまう。演出家は観客に〈ごめんね〉と謝り、俳優に〈お仕置きだわ〉と怒り出す。『てんたま』は、作者・笙野と出来の悪い作中人物・沢野とのドタバタ・コメディが繰り広げられる劇場なのだ。

　では、このドタバタ・コメディを本当に演出しているのは誰か？　ここで、巻頭に附されている〈本作使用上の言わずもがなご注意〉をすかさず思い出す。〈この小説はフィクションでありここに登場する笙野頼子は架空の人物です。〉最初から〈笙野頼子は架空の人物です〉と書いてあった。ただし、この〈ご注意〉の最後に〈——実作者・笙野頼子記す〉と記されてあることは見逃すまい。作者・笙野とは、要するに作中人物・沢野の「作者」としての作者・笙野であり、「タイムスリップ」の作者としての作者・笙野なのだ。実作者・笙野頼子は、実在する作者・笙野頼子そのものも架空の人物として作中に登場させてしまっているというわけだ。

　一方で実作者・笙野頼子が対峙している現実の〈文学論争〉に、作者・笙野も、分身としての沢野もまた対峙している。多重化する笙野は各々別々に存在し合っているわけではなく、時に対立関係にさえあるのだが、基本的に〈文学論争〉に真正面から対峙する存在である点で、分身としての関係を維持している。作者・笙野との意思疎通のなさを露呈しつつ、沢野は〈文士の森〉を守るべく〈文壇妖怪〉たちへの批判、中傷を、〈半覚醒という中間状態〉の〈幻視空間〉の中で繰り広げるのだ。

　ただし、沢野の〈幻視空間〉は、作者・笙野の予想や理性をはるかに上回った過激さを帯び始める。作者・笙野の〈言いつけ〉を聞かない暴走した沢野は、しまいには〈はっきり言っておくが笙野はもう潰れると思う〉とまさしく分身《どっぺるげんげる》的に笙野に〝死〟を宣告する。作者・笙野によって生み出された沢野は次第に作者を呑み込みはじめるのである。（とはいえ、作者・笙野から〈例えば潰れる、と沢野氏から予告された私は只今現在、元気にこのように本の準備をしていたりします〉とあっさりかえされてしまう点で、分身《どっぺるげんげる》ではなく、あくまでも分身《どっぺるげんげる》的であるに過ぎないのだが。）

　笙野頼子は当時の〈文学論争〉の顚末や自身の主張を『ドン・キホーテの「論争」』(99)という一冊にまとめている。そこでの語り口は『てんたま』の〈中間状態〉とはまるで異なり、理路整然としたものだ。各種マスコミの〈純文学叩き〉を資料を附し、引用を交えながら批判する笙野の姿は、現実なるものに真正面から取っ組み合うものだ。確かに何かにつけ露出し、目に付くことの多い〈純文学叩き〉という現象は、すでに〈見慣れた日常風景〉になってしまっているが、むしろ『てんたま』は、そのような〈見慣れた日常風景〉を異化し、〈幻視空間〉として我々の目の前に突きつけている。

　私の住む街の公共図書館では、『てんたま』は小説コーナーに配架されていたが、『ドン・キホーテ』はそこには見当らなかった。端末で検索してみると、『ドン・キホーテ』は評論コーナーにあるという。なるほどそういうものだろう。だが、二作品を笙野と沢野の関係のように、異なった位相にありながらも分かち難く結び付いた分身《どっぺるげんげる》的関係において眺め始めていた私の〈脳内環境〉では、小説と評論の書棚の間に横たわる空間は、図書館という制度によって抉られた深い溝のように見えてくるのである。

（北海道工業大学専任講師）

『渋谷色浅川』——笙野の見た風景を訪ねて——

上田　薫

『渋谷色浅川』、先ず謎の固有名詞のような表題が眼に飛び込んでくる。読み始めた読者は、五文字の漢字が連なり緊密に結びつくことによって醸し出す一種の趣とは異なる小説世界に微かな失望を感じるかもしれない。この失望は裏を返せば、作題の勝利を意味するとも言え、終章を読み終えて本を閉じた私の中に残されたものも、驟雨の後の水溜りのように沈黙する『渋谷色浅川』という五つの文字であった。

私は小説の中に、冷めた言い方をすれば、根なし草になった現代人の悲哀しか読まなかった。だが、その代りに未だ見たこともない〈浅川〉という川に故なき懐かしさを感じ、無性に八王子を流れる浅川を訪ねてみたいと思い始めた。作中で、笙野その人といってよい作家・沢野千本は東京に暮らしながら雑司が谷の家から殆ど出ずに、数日おきの締め切りに追われる生活をしている。それでいて激変を続ける部屋の外のリアルな世界＝東京は少しも沢野を惹き付けない。沢野はその日、若い編集者の企画で渋谷にできたインターネットカフェに取材に行く事になっていた。『渋谷色浅川』は一九九六年に書かれているので十年前の東京が背景にある。インターネットが普及する直前の先触れの波が押し寄せてきたころだ。そのころの新しい物好きたちの熱狂を私も良く記憶している。いながらにして〈世界に行ける〉確かにそんな言葉が飛び交っていた。これから電脳世界で世界に飛ぼうとしている沢野だったのであるが、家を出て胸中に思い浮かぶのは、何故か以前に住んでいた八王子を流れる浅川の風景であった。何かが〈世界に飛ぶ〉ことを拒絶しているのだ。沢野はこんなことを語る。〈自分は川派なのだ…別に川が好き、とか川泳ぎするという意味ではない。川で私は世界を把握する。土地と言ったら川だ。番地はいらない。それ故道とか交差点は判らないのだった。八王子でも街並を川の上流と下流で把握していた〉と。〈世界を把握する〉のである。川派という言葉は耳慣れないが、その気持ちは私には良くわかった。私自身川沿いの町で育ったために、水辺の町でないと何か落ち着かないのである。私は一度練馬の住宅街にアパートを借りて住んでいたことがあったが、水辺のない町では、四方を壁に囲まれたような閉塞感を常に感じて息が詰まるようだった。私も沢野のように、川を基準に〈世界を把握している。〉時代錯誤であるが仕方がない。私の中では川の方向に空間は開かれており、逆に町に向かって世界は収縮している。生きるために仕方なく都会と向き合うが、深呼吸して命を回復するために川の縁まで戻ってくる。川はいつも精神的な逃げ場所になっており、川を眺めることで私の心は生き生きとした存在そのものを呼吸できた。

八王子を流れる川とあるので、どうせ住宅地を流れる多くの川と同様に汚れた溝川であろうと想像したが、ここでも『渋谷色浅川』という美しい題が一縷の希望を投げかける。この題の中では、渋谷という言葉がなぜかギラギラとした原色のどぎつさではなく、枯淡な「渋み」を付加する形容詞になっている。「一縷の希望」などと言うのは確かに滑稽であるが、それでも浅川が沢野の避難所であることに変わりあるまい。余りにも巨大化して自己制御を見失った出版ジャーナリズムの世界に巻き込まれた一つの生。本当にそこが自分の居場所なのかと作家は自問する。勿論、作家は小説家であることに迷っているわけではない。自分の選んだ道を寸毫も悔いはしないだろう。しかし、沢野は知らず知らずの中に複雑に組み立てられた機械に呑み込まれ、自分がまるで見知らぬ土地で暮らしていることに気がつく。編集者は万能の感性で現代社会を切り取ることを期待しており、作家もそれは可能だと考える。しかし、作家が渋谷へと向かう道々思うことは浅川の川面を渡る涼やかな風や、鴨が営巣した中州のアシ原なのだ。沢野は言う〈もう一度浅川の体感を取り戻したい〉と。自分は本当に万能の感性を持っているのか。沢野はまたこうも書いている〈可能性をしだいにせばめながら、不可抗力的に萎みつつあるおとなしいカルト作家・四十一歳〉と。だが、これは、作家としてどうしても通らねばならない通過点なのではあるまいか。作家ならずとも、四十歳は自己の可能性と限界が現実の姿を表す年齢である。想像や計画が夢でしかなくなるのがこの年齢である。空想は砕け散って、自分の限界の中に生きる本当の道が見えてくる。渋谷のネットカフェや、クラブ探訪などは他者になれると考えた青春の名残であろう。

小説を読み終えてからどのくらい経っただろうか。八王子は私の住む町からそれ程遠くないため、機会があれば訪ねてみたいと思っていたのであるが、偶然の機会なんて待っていても未来永劫やってくるはずもないのである。ある日私は思い切って浅川を見に出かけることにした。この点私は沢野より行動的であった。地図を開くとなるほど浅川は八王子の市街地を流れる一級河川である。やや下流で合流する五日市の方からの川口川と、高尾山方面から流れ込む小津川、北浅川、南浅川などの流れが合流して浅川の流れをつくっている。そして、浅川は流れ下って多摩川に注がれるのである。私は上流部の川口川は以前から知っていたことに気づいた。川の名前は知らなかったのであるが、地図で確認して直ぐにそれとわかった。流量が少なく道路沿いを流れるその川は上流では河床が殆ど雑草に覆われていて、下流部で直ぐに市街地の溝川となる。だから、川口川から想像する浅川もまた深く掘り下げられた溝川であろうと考えていた。車で八王子の市街地に入ると案の定渋滞している。普段は混雑を避けるために決して通らないところである。ただ、今日は目的地への通過点ではなく、八王子に来たのだからという思いで渋滞もいらいらさせなかった。

私は浅川らしい川を跨ぐ小さな橋を越え直ぐに右折して川の流れを探した。落ち着いた古い住宅地を抜けると、小さな土手につきあたった。人に尋ねるとそれは南浅川だと教えてくれた。まだ上流だったのだ。土手下から眺めるとやたらと人が多い、ジョギングをする主婦、通学途中の学生、そしてのんびりと散歩を楽しんでいる老人たち。並木の残った土手は遊歩道になっているらしい。近所の住民が植えたのであろう。土手の斜面には様々な草花や、野菜が植えられている。土手に上がって見ると、粘土質の川床に綺麗な水が流れ、ウグイのような魚の魚影が見える。その流れを見て、沢野がしばしば足を運んだ浅川への想いが膨らむ。再び車に乗り込み、八王子の駅を右手に見て大きな道を左折する。しばらく行くと高い土手の河川敷が見えてきた。大きな川である。立派な川だ。嬉しくなる。浅川を見に行かなかった笙野（＝沢野）のことを考える。八王子中心街の、バイパスに貫かれた殺風景な縦割りの風景を見た後で、川とそれをなぞる土手道の柔らかな曲線を辿る視線が心地よい。車がやっと一台通れるくらいの道が続き、度々街道に断ち切られながらも上流に向かって走ると市役所の先で川は南浅川と小津川、北浅川からの流れの分岐点で車両通行止めとなる。土手に車を止めて、河原に下りる。夏の午後の草いきれが心地良い。沢野が語っていたように中州があってアシやら背の高い雑草が生い茂っていた。河原はオオバコやクローバーのじゅうたんで、上手の広い草原では老人たちが何やら球技をするために大勢集まっていた。私は不図その先の景色を見て思わず息を呑んだ。高尾山から陣馬山へと連なる美しい山並みが川筋にそって一望できるのだ。「ああ、これだったのか」私は思わず心の中で呟いた。沢野が渋谷に向かうその道すがら記憶の底に捜し求めていたものはこれだったのではないか、そう感じたからだ。〈もう一度浅川の体感を取り戻したい〉この言葉を思い出す。笙野はそれから浅川を見に行ったのだろうか。私はその時、どうしても笙野にあの山並みを見て欲しいそして笙野はこの風景を絶対に見に来なければいけないのだとそう感じた。

（日本大学助教授）

『ドン・キホーテの「論争」』——小谷真理

論争はことばの闘いである。闘い……なんていうと、キナくさくめんどくさいものと相場がきまっていそうだが、じっさいのところ論争はひとつの対話であり、論理と論理の闘争であり、それがゆえにおもしろい。相手と自分とが、どこが根本的に異なっているのか、それとも意外なところで協調しているのかは、まずは闘ってみないとわからないからだ。

和を重んずる日本ではあまり論争は大事に考えられておらず、論争とは何か論争の技術とはどういうものかについて考える前に、共同体にトラブルを持ち込むことがひたすら忌避される傾向にある。したがって一般的に、論争の進め方をふりかえっても、まず互いにキャンペーンを張り合うかスローガンを怒鳴りちらすかに終始することがけっこう多い。

対話なきはけ口にしかなっていないばかりか、そもそもこっちの陣営からあっちの陣営にめがけて発射された問題のブツが届いているのかどうか、暗号解読の段階で誤読される事故が多発したりしているではないか、あるいは単なる冷笑無視にすぎないのかといった、東浩紀氏いうところの〈郵便的不安〉が慢性的に蔓延しているようにも見える。

そんな日本の言論の場で、本書は笙野頼子ということばの天才が、〝闘争する〟ことによって、〝論争〟というジャンルを再考するのみならず、笙野自身の文学作品に内在する論争性に光をあてることになったテクストである。

しかもこれが周到に構築されたものであるのは、タイトルからして一目瞭然なのだ。たまたま流れ着いてきた情報にブチ切れていきなり出陣にでかけようとしようものなら、ドン・キホーテにでもなるしかないというのだから。ドン・キホーテは、巨大風車にむけてのたったひとりで戦争しようとした。彼は、ただの妄想おじさんでしかなかったのだろうか。

しかし、よく考えてみると、笙野頼子というたったひとりの突撃隊はこの元祖ドン・キホーテをタイトルにかかげるほど自らのドン・キホーテ性に自覚的で、しかもこれをちゃんと自虐ネタに使っているのだ。通常、言い捨てゴメンの人々ならおもしろがって挑発しつつも、相手が爆発したら〝こんなことに腹をたてるなんて、きみエネルギーの無駄だよ〟という冷笑に持ちこみ、なるだけ闘争的な人間関係に割くエネルギーは回避しようとの傾向が強い。

そのような人の気持ちを弄ぶがごとき姑息な手段は、通常〝いやがらせ〟のほうに分類されているものなのだが、笙野はそんな舐めたやりかたはゆるさない、とまずタイトルで打ち返す。〝でも自分はドン・キホーテでいかれてますから、挑発した以上、ここはおとなしく風車役になっていただいて、挑発されて激怒している狂気のドン・キホーテのつっこみは、きちんと受けて戴きましょうか〟と、とても礼儀正しい答をあらかじめ返している。かくして、火ぶたが切って落とされる。

評者はSF ＆ ファンタジーを専門とし、常日頃、純文学とはあまり関係のないセクションで活動する批評製造業者であるため、当時笙野頼子の論争についてはまったく無知であった。しかし、本書は、その誠実なる構成によって一連の論争の経過を誰にでもわかるかたちでまとめあげ、その論点というのが、実はジャンルSFとも女性文学ともサブカルチュアとも深い関わりがあることを、明確に示している。

　事件の発端は、「文芸春秋」一九九八年三月号に掲載された座談会であった。流行作家三人が〈最近の純文学はおもしろくない、文章がへたでひとりよがりだからだ〉と批判した。それをうけた「読売新聞」四月十六日付け「夕刊」が、純文学の閉塞状況を物語る記事を掲載。まさにこの記事が論争の火蓋を切る。本書は、なぜその記事が筆者を怒らせたのかから始まって、マスコミにおける新聞時評というシステムへの考察へ、そして大量生産されるステレオタイプな純文学のイメージ解析、その中で自ら構築しようとする純文学というジャンルの未来眺望を述べ、最後はいわば、現在の彼女をとりまく文学状況下における純文学作家宣言となっている。

　ちなみに笙野頼子にとっての純文学とは〈最前衛の文学的レジスタンス、それは極私的言語の戦闘的保持〉に他ならないという。後半部は書評を集めているが、本書全体は、論争を通して純文学を再考するという批評的スタイルそのものに最大の特徴がある。

　さて、本書を読んでいちばん驚いたのは、一連の論争の流れがＳＦ界で大騒動になったクズＳＦ論争とまったく構造が同じであることであった。これもまた、ドン・キホーテ論争が勃発するちょうど一年前、一九九七年二月九日付け「日本経済新聞」コラムに〈国内ＳＦ、氷河期の様相〉という記事が掲載されたことに端を発する。これは「本の雑誌」九七年三月号に特集された座談会〈この10年のＳＦはみんなクズだ！〉を事前情報としてキャッチしたＴ記者が日本ＳＦの現状を俯瞰するという内容で、タイトル通り現在のＳＦは〈危機的状況〉〈売り上げの低迷〉〈ジャンルそのものの消滅〉〈閉鎖的〉〈未来を予見する新鮮な目がない〉などとまとめたため、「ＳＦマガジン」誌上において〈緊急フォーラム・ＳＦの現在を考える〉が組まれ大論争がエンエン一年ほど続いたのである。

過激なタイトルのわりには何を言っているのか一向に要領をえない座談会といい、ひとり勝手な妄想を肥大させるためにのみ情報を自分勝手に切り貼りし意図的歪曲を加えることさえ辞さない記者といい、そのあまりにも無責任な言論的構図自体がドン・キホーテ論争に瓜二つだが、〝攻撃されているのはオレだ〟と考えたSF関係者や粘着気質のオタク軍団がそこらじゅうにおり、結果的には若手作家から中堅作家、若いファンから生死もわからぬようになっていた古参のファンまでもがゾンビのように復活して、約一年近く論争特集ページや読者投稿欄を埋めつくしたのであった。

当の座談会の仕掛け人で〝タイトルをつけた編集部〟の一人である目黒考二、別名北上次郎に至っては、おそらくこの過程で、SFファンがいかに〝SFというラベル〟ではなく〝SFという構造〟で読んでいるかを知ったのだろう、座談会から三六五日以上たった翌年の九八年三月号「本の旅人」誌で〈実はぼく、最近、SFがおもしろくてしようがなくて〉などと間抜けなフォローをいれてしまうほどであった。無論、彼は肝心の論争については二〇〇五年八月末現在に至るまで全く口を閉ざし、誌面を提供することなく黙殺を決め込んでいる。

他方、笙野頼子はこうした論争的喧噪をたったひとりで背負い込んだ。だからこそ、その怒りから宣言までのプロセスが、あたかもサブカルチュアでの新しいジャンル意識が新ジャンル構築へ至る軌跡と重なるように思われてならない。

純文学といえば、いわゆる大衆文学一般と対立しさらにはそれを抑圧しうる主流文化の象徴として見なされることが多かったが、驚くべきことに本書では、純文学そのものをひとつの下位文化すなわちサブカルチュアのひとつとして愛し抜く姿勢が認められる。この帰属意識はサブカルチュアに繁茂するジャンル意識として頻繁に見かけるものである。おそらくそれはフェミニズム批評的方法論を換骨奪胎し、これを駆使していることにも関係しているのだろう。フェミニズムとは、そもそも論争の言説構造を、その出生時点より内包してきたからである。かくして本書は、純文学という名の新しいサブカルチュアを定位するという、前人未踏の達成へと立ち至った。

もうひとつ興味深い点は、新聞というメディアとは何か、一体何ができるのか、時評欄とは何か、マスメディアとは何かについて問い直している点だ。文芸関係の著作物と新聞ではまず購読者層が異なるため、約束事が違う。日本の文学に対する評価の仕方は「売り上げか文学賞的評価か」といった二者択一的な要素のみに収束する悪しき傾向も時折見られる。確かに、内容について踏み込まなくても、とりあえず業界基準で〝大衆にわかりやすい〟と思われている要素だけを数え上げる一例として、スポーツ観戦方式とでも呼びたくなるようなやり方が挙げられよう。

これは野球やプロレスや相撲の要領で、文学賞レースをあたかもグラウンドやリングのなかの戦いのように見立てて高見の見物を決め込み、〝勝負〟に関してあれこれ野次馬的な論評を加えるというものだ。具体的には本を読んでいない人間にもわかりやすい反面、現場認識がついていかない傾向も強い。

そのへんの評価の方法論に関するいらだちが、本書から如実に伝わってくる。確かにいくらスポーツ記事が売りの新聞だからといって、文学関係の記事まで同じ要領で書く必要はないし、それにやすやすと踊らされるほど読者一般の知的水準が低いわけではないだろう。

それにしても本書を読みながら実感したのは、『母の発達』や『説教師カニバットと百人の危ない美女』のように、急所つきまくりのイメージ言語の濁流は、あれはやっぱり妄想世界の言語ではなくて、痛烈な現実批判の賜物にほかならないということだ。

緻密な論理が濁流のように襲いかかってくる本書は、はっきりいって、きびしく現実的諸問題を射抜き、スカッとすること夥しいような内容で、時折耳が痛くなるような内容がないではないが、高度に批評的な文章表現は豪華絢爛、めくるめく可能性にあふれている。

このドン・キホーテの活躍を、単なるカッサンドラのタワゴトなどと片づけではならない。論争は問題点を実にはっきりさせる。純文学を語ることが今、こんなにもおもしろくなっていることを、本書は確実に伝えているのだから。

（ＳＦ ＆ ファンタジー評論家）

「母」なるものに頭を垂れる——稲葉真弓

一時期、猫もの（活字も写真も）を手にすることができなかった。二十年一緒に暮らした雌猫のミーが老衰で死んだあと、猫を見るのも触れるのもたまらなく辛かった。ミーが寝たきりになってから、体の一部がいつも痛かったが、その痛さは死後も長く続き、猫を見るたびに全身が汗ばみ硬直し、涙と鼻水ばかりが流れるのだった。私はミーと暮らして幸福だったが、その幸福の残滓が堪え難い不在の感覚を引き寄せ、「ああ、勝手にいってしまった。勝手に残された」という思いだけが募って、いつも貧血気味の気分になるのだった。この気分は、動物を飼わない人にはなかなか伝わらない。「たかが猫でしょ」という人もいた。「そのうちに慣れるわよ。だって、久しぶりに介護から解放されたんだもの。楽しんで旅行でもしなさいよ」という人もいた。

憎しみも恨みもそのときは沸いてこなかった。ただ、その人との深い、絶望的な距離を感じただけだ。慰めの言葉が逆に凶器に思える。その都度、返事のしようもなかった。

いったい、私にとってミーは何だったのか。それが単なる「猫」ではなかったことだけは確かだ。一緒にご飯を食べ、遊ぶ。ときには布団の上に寝転がり、互いの顔を眺めているうちに、思いがけず爪でひっかかれたりする。あんまりひどいひっかかれように（夢中で遊んでいるうちにそうなるのだ）「わっ、もう捨てちゃうぞ」と叫びながら、捨てることなんか一度も考えなかった。顔を見合わせるたびに、夜の時間は濃密になり自分とミーとの間にある空間が少し縮む。あの、いわく言いがたい関係性……。

笙野さんが本書で書いているように、たぶん、私たちの間にあったのは、「友情」であり、〈知りあったものが人間であれ動物であれ妖怪であれ〝親友は出来れば助けたいものだ〟〉という、ごく自然の感情だったのだと思う。もっとも、私の場合、笙野さんが書いている「世間との闘い」はほとんどなかった。たぶん私は、ほとほと「世間」に鈍い人間なのだ。あるいは私が暮らした猫が、他者に気付かれぬほど静かな猫だったからか。そもそも一匹と七匹とは違いすぎる。私はこの本を読むと、自分が〈ただ一匹の猫〉にかまけていたことに深くうなだれる。一匹の猫にかまけてただ幸福だったと言いきってしまえる自分を申し訳ないなあと思う。マンションの周辺に出没する地域猫に、かまったりかまわれたりして夜の時間を楽しんでいた自分を、深く深く反省もする。私が〝薄い交情〟を過ごしていた時間を、笙野さんは、キズだらけになりながら猫たちと向きあっていたのだから。まるでシジフォスの神話のような不毛と尊さ。どのようなエネルギーが彼女を突き動かしていたのか。

まず最初に住まいに関する闘いがあった。都市を漂泊する独身女を描いた、居場所探しの物語だ。この一連の小説は、都市漂泊者の一人であった私にとって、まるで自分の体験を読んでいるようにひりつく部分があった。次に読んだ事故で失った猫の物語は、飼い主であった著者の体を貫く罪と悲しみの色で染め上げられて苦しく、その後に出会った猫、ドーラの物語は、前の猫を失った喪失感を無理矢理埋めようとする自己納得の苦しみに満ちていた。そして、雑司が谷のマンション周辺の人々を巻き込んだ新しい猫たちの話。

『愛別外猫雑記』とあるが、〈愛別〉と断ってある部分に笙野さんの当時の心境がありありと透けて見える。愛、とは別に「見かねてつい手を差し伸べずにはいられなくなる感情」「弱いもの・見捨てられているものを引き受ける覚悟」が、痛いほど伝わってくるのだ。しかし、それこそが「愛」でなくてなんだろう。この無償の闘いを

「愛」と呼ばずしてなにを「愛」と呼ぶのか。

この人の思いは、深いのだ。深すぎて時に胸が痛くなる。いい加減で、なまくらで、気弱な小市民を「そこまでやるか」と呆然とさせもする。たとえば、笙野さんはさんざん苦労して保護した野良猫たちの「健康診断」で「エイズ」がなかったことを知って泣く。ついには雑司が谷を出て、猫たちのためにローンを組み、家を買ってしまう。この小説は、深い思いを持つものと、日常を〈そつなくテキトーに過ごす〉小市民との間にある深い淵を、鋭く辛辣に描いてもいるのだ。本書には、マンションの前に出されるゴミを食べる野良猫を案じる余り、ゴミをテキトーに出す人に対する憎悪が書かれているが、この私的な感情こそが、彼女の文学の力なのだ。

純文学論争もそうだ。「捨て置けぬもの」、「守らねばならぬ切実な思い」が彼女を「純文学擁護」へと突き動かす。そこに彼女は、捨て身の全身をさらす。猫を守ることと純文学を守ることは、少しも矛盾しない等価値のものなのだ。が、考えてみたら、文学の力は、秋山駿が言うように、一対一の等価値から出発する。その意味において笙野さんは、文学の王道をまっすぐに歩む希有な人なのだ。

＊

本書を再読しつつ、彼女の性急な、口ごもりながら喋るやや早口の、「神話的少女」のような気迫を何度か思い出していた。善も悪をも含め、潔癖にひた向きに、自分のありようを言葉を通じて露出させる姿勢や、他者に対する鋭すぎる感受性、そしてまた、排除されたものに対する途方もない優しさがこの本の中に無防備ににじみ出ている。そうした笙野さんの特質が、私と坊ちゃん＝後にボニーと改名＝を引きあわせてくれた。

坊ちゃん＝ボニーを引き取るときのいきさつは『愛別外猫雑記』に書かれた通りだが、私には特別な私感がある。それは、笙野さん自身、気付いていないかもしれないが、私は彼女に、これまで見たことのない「母性」を感じずにはいられなかったのだ。いつからか知らないが、笙野さんは都市漂泊者の身から捨て身の「母」になった。野良猫のカノコもリュウノスケも坊ちゃん＝ボニーも、笙野さんの満身創痍の闘いなくしては幸福にはなれなかった。笙野さんは「稲葉さんがボニーを幸せにした」と本書で言っているが、それは違う。最初にボニーを救ったのは、笙野さんだ。

その原点があったからこそ、いまボニーは私のところにいる。にこにこして「僕、行きます」と笙野さんに別れを告げたボニーは、いま六歳。真っ白な腹と、まだら茶のぽんぽんダリアみたいなしっぽの先を持つ彼は、一度だけ、「元母」と再会した。二〇〇二年の二月、自宅からさして遠くない寺で行われたある葬儀で顔を合わせ、私が「ぜひ、ボニーを見に来て」と彼女を誘ったのだ。

来たときはやせっぽっちだった彼は、五キロ超の迫力王子様になり、毎晩マンションの二階の窓から外を見下ろし、「おーっ、おーっ、ニャーオーン」と雄叫びを上げる。よく眠り、よく食べ、私が仕事をしているときはぺたっと腹を床につけて傍らに横になり、深夜になると「お、僕の時間がきたぜ」と遊んでもらいたがる彼は、「元母」を覚えているのか覚えていないのか、とんがった顔をして私に抱かれ、笙野さんをしばらく見ていたが、すぐに腕から降りてしまった。そのボニーのそっけなさに呆れつつも、新しい場所に馴染んだ姿を見せることができてよかったと思った。そして、彼女がボニーを全面的にゆだねてくれたことに対する喜びが、ふいにこみあげてきた。

モイラが死んだのは、昨年の四月だそうだ。近著『片づけない作家と西の天狗』の後書きは、突然死した愛猫を悼む悲しみに溢れている。なぜモイラは死んだのか、解剖を依頼して死因を突き止めずにはいられない笙野さんの姿に胸をつかれる。優しさと激しさと、弱きものに寄りそうその寄り添い方の真摯さ。この本の後書きを読み、わが相棒がモイラのように突然死したら……と、他人事ではない恐怖に、私は怯えた。

（作家）

『愛別外猫雑記』——息の切れる牙——

鈴木和子

この作品は二〇〇一年一月に刊行された。（連載は前編「文芸」冬季号00・9、後編「文芸」春季号01・1）ことの発端と経緯、顚末は冒頭部に説明されている。

　一九九九年秋から翌年の夏までほぼ八ヶ月間、他人がマンションのごみ置き場に捨てたり、居着かせたりした野良猫八匹の世話をする羽目になった。（略）

　翌七月、長年の飼い猫、野良出身のドーラに貰い手のなかった三匹を加えて、結局私が飼うことにしたのである。彼ら四匹のために、愛する東京を離れ、未知なる千葉県S倉市に住むことにしたのである。（略）

——私は決して猫が好きなのではない。猫を飼うのも下手だ。ただ、友達になった相手がたまたま猫だった。その友を出来れば裏切りたくなかったのだ。（傍点本文）

「笙野頼子年譜」（清水良典『笙野頼子　虚空の戦士』河出書房新社、02・4）から関連記事を挙げると、

一九九二年五月　一年ほど住んだ小平から中野に転居してくる。

七月　捨て猫・キャトを飼う。キャトは翌九三年一〇月に家出、行方不明になってしまった。
一九九四年一月　捨て猫・ドーラを飼い始める。
一九九五年五月　雑司が谷の、ペット可のマンションに転居。
一九九七年〜九九年　『パラダイス・フラッツ』や『説教師カニバットと百人の危ない美女』など、猫と暮らす女性の小説家を登場させた作品を発表。
二〇〇〇年七月　マンションのごみ置き場に捨てられていたギドウ、モイラ、ルウルウを保護。千葉県佐倉市に転居。

佐倉への転居の前の約八ヶ月間に、最初に引用した野良猫八匹の世話、さらにその前年から続いている純文学叩きへの論駁と執筆によって、忙殺されているようだ。

笙野は「読売新聞」（98・4・16）「文芸ノート」欄を読んでの感想という書き出しで、「三重県人が怒るとき」（「群像」98・7）を発表し、いわゆる「純文学論争」の口火を切った。その「文芸ノート」欄は「文芸春秋」（98・3）で林真理子氏・出久根達郎氏・浅田次郎氏の「放談」の発言を紹介、発展させた署名記事である。浅田氏はそこで最近の芥川賞作品について「文体もまったくない」と発言している。

さて、この純文学云々の議論とは遙かに下位の話として、一つ考えておきたいことがある。それは、この作品は作者の身辺描写に重きを置いたエッセイなのか何なのか、ということだ。

たしかに年譜に作品の冒頭部をはめ込むときれいに合うし、『ドン・キホーテの「論争」』出版準備に関する記述や、実名で出てくる先輩作家たちなど、「実録もの」の様相である。

……いい加減なゴミ出しをするマンションのゴミ捨て場に猫が捨てられる。地域猫にするとしても、または誰かに引き取って貰うにしても、彼らの生を全うさせるには手術をしなければならないが、自腹を切ってそんなことをする人はまずいない。自己満足的に餌をやる人、餌をやるから居着くのだとヒステリックな声をあげる人、何も言わずに毒を撒いていく人、里親を探してあげるという、胡散臭い保護団体。残念なことだが、都会ではどこにでもありがちな光景だ。そこに〈私〉は居合わせてしまった。〈生き物に哀れをかけて住まいを追われ〉た、というのはネガティブな物言いだが、〈猫にも独身女にも約束の地はない〉と言い切る〈私〉にとって猫たちはまさに〈盟友〉なのだろう。

それにしても凄まじい。

〈私〉は無責任に餌を撒いているわけではないことを〈地元の人間に納得させるため〉〈人が通るところで道路に雑巾掛けまでして見せ〉る。その〈私〉に投げつけられるのは、苦情というには病的なほど、汚いとも捻れているとも思える言葉で、そのやりとりが詳細に再現されている。一方、〈ゴミの片付けよりも遅れる仕事よりも傷む財布よりも嫌だったのは野良に対する汚い言葉だった。またあさはかな日本語と同じレベルになってウソを追及したり言い返したりしなくてはならないのが一番辛かった〉と抑制した表現も見られるものの、〈私〉が彼らに対して飲み込んでいる罵声の数々。読んでいるこちらも気が滅入り、打ちのめされてしまうほどだ。

内容だけではない。普段、ものを読むときには、文章のリズムを呼吸と合わせながら読む。それがこの作品の場合、平板だったり、あるいはハイテンションのまま長く、呼吸が乱れるのだ。きょうび気にする人などいないのかもしれないが、「ら抜き」も引っかかる。

筆者は某文学賞（ミステリーの新人登竜門であったが廃止された）の公開審査会で、浅田氏が「ミステリーに限らず、モノを書く人は自分の文章を最初から朗読しながら、あるいは朗読するつもりで文章を練っていくべきだ」旨の発言をしているのを聞いたことがある。浅田氏が言っているのは、「文体」には「呼吸」や「リズム」が不可欠だということで、筆者が感じた呼吸の乱れも、おそらく同じところからきている。その意味ではこの作品の文章は「文体」が乱れている、といえる。

しかし、その批判はこの作品がノンフィクション、エッセイ、あるいは平易なエンターテイメントに当てはまるにすぎないのではないかとも思われる。

確かにこの作品は〈私〉の体験を描いていて、自身も〈猫エッセイ〉と呼んでいるが、笙野の猫への――「愛情」などという言葉は空々しく感じられる――「執念」はすでに「猫に乗り移られた視点」とでもいうべきだろうか。野良猫に半端な関わり方はしないでくれ、この作品も半端な読み方をしないでくれと訴えている、あるいは挑発しているような迫力である。笙野は〈まあ語り口だけだとか文章だけだという言い方は、褒めるにしろけなすにしろ来る〉〈私の場合は、個人的な社会性というか、（略）戦っているから書けるんだみたいなものがある〉（町田康との対談「言葉の根源へ」「群像」01・9）とも述べている。

乱されるリズムこそが、この内容にはふさわしい。その意味で、これはエッセイというよりは確かに「目的にふさわしい文体をもった小説」の一つのかたち、ということができるだろう。

（近代文学研究者）

『幽界森娘異聞』——伊狩　弘

本作品は笙野頼子が二〇〇〇年三月から十月、八回にわたって「群像」に連載したもので、森茉莉の〈評伝もどき〉の体裁をとりながら綴った笙野頼子の文学人生模様である。単行本『幽界森娘異聞』（講談社、01）では、連載本文にさらに「幽界森娘異聞後日譚　神様のくれる鮨」（「群像」01・1）を加えて一冊にしたもので、同年十一月に泉鏡花賞を受賞している。

「幽界森娘異聞」を小説などの文学的ジャンルに規定することは出来そうもないし意味もない。森娘は森茉莉ではあっても、作者のなかではあくまでもテキストのなかを浮遊する森娘であり、鷗外もまた小説家森鷗外とか軍医総監森林太郎でなく、森父なのである。幽界の森に息づく森娘や森父、その中を作者笙野も漂っている。そこでいろいろなものに出会っていく。その幽界と実界を仲立ちするのは森娘が飼い、作者も飼っているという猫の存在なのであろう。〈一九九九年、春の休暇前、故人が歩いている姿を目撃してしまった。その故人には生きている間、一度も会った事がなかったのだが。〉という不思議な一節からこの作品は始まった。それはいつもの魚屋へ自分と猫の刺身を拵えてもらいに行ったその時、猫が機縁になったかのように森娘は現れる。「贅沢貧乏」で茉莉が描いた自画像のような恰好でその老婦人は私の目の前を横切った。どうしてかというと森娘はフランスから帰国した後、一時その近くに住んでいたらしい。しかし雑司が谷はちょっと考えても網野菊、真杉静枝、大泉黒石等々、土地にゆかりの文士が多いのにわざわざ出て来るだろうか、あるいは出版社（の担当者）とのトラブルという縁故だろうか。こんなふうにテキストは自由に発展していくかに見える。しかし〈名前を伏せたまま延々と思わせぶりをして、「あっ、判った森茉莉ですね」と言われたくないものだ。そもそも違うのだから。私が知っている森娘は、連載のこの回では、「贅沢貧乏」という一冊の本の中に住まった一体の妖怪だ。私という作家の雑念と思い違いがそこにこごった、活字の怪でしかない。長い間森娘のことを忘れていた。これから連載するのももちろん、評伝なんかではない。ただ今までの作品よりも文章がちょっと辛気くさいだけのモノローグ小説。こういう作品を森茉莉本人は絶対嫌いだと思う。〉というところを読んで少し安心するが、分かる分からないのレベルを超えてこのモノローグ小説は文字通り拡散膨張していくので最後まで安心できない。

描かれる幽界は随分広くて深くてとりとめがない。森鷗外・茉莉の父娘の文学と生涯は質量ともに大きくて、なかなかカバーしきれない。そこにさらに笙野頼子の「雑念と思い違い」が錯綜している。しかしそれは単なる錯綜ではなく、読みほどきたい文学史的な錯綜のようだ。解読不能の箇所もあるがそこは読み飛ばしていくが、たとえば柴田錬三郎はⅠ回とⅦ回に出ていて〈アケスケに云わせてもらうが、私は、二度ばかり、下北澤の喫茶店で、森女史を見かけて、なんともうす穢いオバサンだな、と思ったことがある。〉云々の直前には河上徹太郎も登場している。またⅣ回では谷崎「痴人の愛」を俎上にのぼして〈源氏にさえ出来んことを馬鹿がやるリサイクルジャンク小説〉と一刀両断にしているのなどは谷崎文学の急所を突いたものであろう。そのようなところは随所にあって、このモノローグ小説はさながら文学とメディアの修羅の巷の様相を呈している。

さて先を急ぐと、最終回Ⅷ回は二〇〇〇年七月、笙野が東京から千葉へ引っ越す前、森娘の住んでいた世田谷区代沢を訪ねた話柄を芯にし、幸田文のこと、森娘がいかにして茉莉名義の土地やお金を長男や義母に横領されたかといった話を猫話とともに辿っている。〈森娘は一度猫を捨ててる。ジュリエットの前の鯖猫よりまだ前、母親の大島の端切《はぎれ》で袖無し作って着せてやった、もろ日本顔の、「ボッティチェリー」のモデルにした家の大家に「捨てさせられた黒猫のイチ」。〉と始まるこの章は、いかに森娘が猫飯に気配りしていたか。猫にはネギ類が毒だと知っていたればこそ、玉葱を入れないスープをまず猫に与え、その後に玉葱を入れる、それを幸田文「流れる」の、犬が梨花の与えた玉葱肉スープをかけた飯を残して死ぬ場面に比べて露伴娘をちくりと攻撃してみる。先に述べたように本作はあちこちで諸作家諸作品を論ってみせるのが持ち味であるが比べるもとは森娘やその小説だという点が味噌である。文学史を知る人ならだれしも比べてしまう二人の文豪娘は、犬猫の餌やりでも比べられるが、〈どんなに偉そうにしてもすきだらけの森〉だから、森娘と比べられて攻撃されても相手は痛くも痒くもない。そして下北沢の商店街だが、あいにくの土砂降りで探しているハンバーグの店スコットは見つからない。で、砂場という看板の蕎麦屋に入ったところがその店は森娘がかつて猫の餌用鰹節のだしがらを貰いにきた店だった。こうして自分の猫運命と茉莉娘のそれとを辿ってみると、〈猫は鏡。異聞、だから無理に言っておく、森娘は二匹目からの猫を、森父が森娘にしたように（?）、可愛がった。小説の中ではジュリエットと呼ばれる猫。本名はジャポ。〉とあるとおり、猫は鏡であり、自分も可愛がり、森娘も可愛がった猫は世間的な価値観の完全埒外にある純文学の化身的存在であることが見えてくる。因みに神野薫『森茉莉贅沢貧乏暮らし』（阪急コミュニケーションズ、03）を見ると森娘が暮らしていた頃の下北沢の地図が載っており、洋食店スコットの位置がすぐ分かるし、〈茉莉お気に入りの味が今でも味わうことができる貴重なお店！〉と書いてある。

かくして「幽界森娘異聞」はあの世にいる森娘の異聞というより、森茉莉小説から名前をつけた捨て猫に手を焼きながら千葉佐倉に引越した笙野頼子が、自己の小説論作家論を猫と森娘に仮託して吐露したユニークな文学論だと言えよう。

清水良典氏は『笙野頼子　虚空の戦士』（河出書房新社、02）のなかで、一九九九年の純文学論争に触れて、売れさえすればよいという経済効率によって純文学が失われてよいのかといった問題を設定しつつ、しかしかつて大衆小説やプロレタリア文学との対抗上用いられた純文学や純文学論争といったものと笙野頼子の主張とは隔たりがあるという。さらに自らも参加した鼎談「二項対立を超えて――純文学と大衆文学の現在」（「群像」93・12）をも踏まえて、〈つまり笙野氏があれだけ威勢よく断言する「純文学の神」とは、これまでの純文学論争史にかかわる言説の文脈上の、いずれにも属さない原理に立っていることになる。それは一体、何でありうるのだろうか。これがおそらく最終的な問題である。〉と提起し、その二項対立を超える視点として「純」でも「大衆」でも「文学」ですらない「文」というファクターへのまなざしを挙げている。「純文学」よりも「純文章」と言うほうが正確で混乱がないと言い、続けて氏は〈笙野氏の作品に戻るなら、『ドン・キホーテの「論争」』などは通常なら文芸評論または文学論的エッセイに分類されるべき書物であろう。しかしそこでの怒りに染まった凄まじい文の噴出ぶりは、アカデミズムに毒された「評論」や、当り障りのない「エッセイ」の分際をはるかに突破している。また最近の『幽界森娘異聞』は森茉莉の評伝の試みと読めなくもないが、これもやはり、どう読んでも圧倒的に「笙野頼子」という比類なき個性によって築かれた創作世界でしかない。〉と述べている。純文章という捉え方はさまざまの論議があろうが、昨今の情況に対する鮮烈な問題提起であると思われる。

（宮城学院女子大学教授）

『幽界森娘異聞』——〈魔利〉支天、降臨す——谷口　基

のっけから私事で恐縮だが、森茉莉とのファースト・コンタクトは「週刊新潮」連載の「ドッキリチャンネル」であった。いつものように「黒い報告書」（情痴事件専門実話）のページを確かめるべく開いた目次の一点に、眼が釘付けになる。そこには、決して大きくない活字ではあったものの、「森茉莉」という香気漂う三文字が存在した。この名前の主こそ森鷗外の長女にして、パリ仕込みの才人である、といった知識は、連載がはじまる前年の夏に放映されたドラマ版森鷗外伝『獅子のごとく』（森父は江守徹！）で仕入れ済みであったので、十五歳にして金井美恵子の愛読者という早熟《いや》な中学生であった私は、大いなる期待をもってページを手繰ったのであった。なにしろ前記のドラマで〈マリイ〉を演じたのは、当時売り出し中のアイドル・岸本加世子であり、その病的なまでに大きく悲しげな瞳に魅惑されていた中学生としては、「ドッキリチャンネル」などという世間をナめ切ったようなタイトルにさえも、胸ときめかすに事欠かない泰西文芸の響きを聴き取っていたのである。

だが、見開き二頁の該当誌面からハッタと私を睨み上げた「著者近影」の〈マリイ〉は、妙チクリンな髪型で頤の小さな、そのくせ眼光だけは無闇と鋭いオババであった。しかし、しかしである、中学生のスケベな文学趣味など木ッ端微塵にしかねない、その刺すような視線が私のトラウマとならなかったのは、ひとえに「ドッキリチャンネル」のうねるような、活きのいい、そのくせ破綻した節回しのおかげである。ともかく滅法界面白かっ

た。漱石の『猫』や、北杜夫の『高みの見物』や、『井上ひさし笑劇全集』に通じる〈と、当時は本気で思っていた〉、抜群の「間のはずし方センス」に陶然となりつつ、前のめりになって読了したものだ。読了してすぐに書店に走り、新潮文庫の『贅沢貧乏』と『恋人たちの森』を買い込んだ。二冊で四四〇円、消費税も恋も知らない幸福な時代であった。ついでに〈やおい〉というテクニカル・タームもこの時代には未だなかったから、『恋人たちの森』所収の四編には泰西の風を感じて安心できた。〈ギラン〉とか〈モイラ〉といった登場人物の名に、かすかに東宝怪獣祭りの虚臭を嗅いだような気がしたが、何よりも岸本加世子の〈マリイ〉がそこに見出せたような思いの方が大きかった。だが、『贅沢貧乏』に取りかかるうちに、心はいつしか「ドッキリチャンネル」の世界に引き戻されていった。友人知己がすべて実名で登場する巻末の「文壇紳士たちと魔利」を読み終えた時には、岸本加世子の面影は遂に眼光炯々たる森茉莉のそれにとって替わっていた。この認識は現在に至っている。

「ドッキリチャンネル」は、〈テレビ評論〉と笙野頼子氏も書いておられるが、確かにその部分も面白い。中野翠氏絶賛の、無惨とも言うべき田中邦衛論に代表される毒舌はしかしいつでも、〈パリー〉や〈パッパ〉や〈三島由紀夫〉や〈吉行淳之介〉や〈ズクニュウ〉の記憶が綾なす森茉莉の内的宇宙へと華麗、かつ暴力的に読者を連れ去ってしまう。われわれ凡人には「セピアな風景」としか認知できない、泰西の風吹く〈マリイ〉の文芸領土と、沢田研二が原爆ジャックをしたり荒木一郎が女に乱暴したり〈三浦和義の情人〉が跋扈したりするブラウン管の現実とは、実は地続きの世界なのだということを森茉莉は教えてくれた。それは何と痛快で頼もしい世界観であったことか。今でも私は、「ドッキリチャンネル」が、夫・武田泰淳の思い出とサム・ペキンパーの男節映画をならべて語ってくれた武田百合子の「テレビ日記」とともに、八〇年代を代表する「テレビ評論文学」の双璧であると考えている。

『幽界森娘異聞』（以下『森娘』と略称）は私がみるところ、「ドッキリチャンネル」にきわめて近いテイストを持っている。まずはこの〈モノローグ小説〉の、果てしなく自己増殖する語りはどうだ。

……ふうどっちにしても死ぬなこーの男前の大学教授三十代共め。六十お耽美七十やおいという事は森世界にはないいな。ま、美少年も言ってる。

――僕年とるの厭だ。僕が殺されちゃうのがいいや、

「襲われた支店長」っていうホモのビデオがあるのだと昔深夜ラジオで聞いてまだ覚えている。五十代だろうか支店長というのは。おや、今気付いたけど私は支店長をそば屋やマックには絶対想定していないね。支店長と言ったらなぜか銀行だ。どうして。――そうかつい最近ローン組んだのだよ。うん、家。

「故人」・「森娘」が護国寺界隈をぷらぷらする時空概念破壊の冒頭はあまねく読者を驚嘆させたようだが、これなどまだ文字通り序の口にすぎぬ趣向。以後、『タイムスリップ・コンビナート』で著名な「シュールレアリズム」「純文学」作家・笙野頼子氏の日常と、森茉莉の〈やおい〉なテクスト空間と、「森娘」の高次精神世界は、凄まじい攪拌運動を見せるが、その中央を貫く文体、真摯にして攻撃的なその文体は、『森娘』の書き手たる〈私〉が、〈魔利《マリア》〉の手管から何を継承したのかをはっきりと教えてくれる。言うまでもなく、それは「闘争精神」だ。『森娘』最大のエピソードは、〈私〉が餌付け野良猫の一団を守って住み慣れた〈雑司が谷〉を離れ、千葉の

〈S倉〉へと引っ越す一条であろう。マンション周辺で他人が餌付かせた八匹の猫のうち、一匹は失踪したものの、四匹は里親を見つけることができた。〈私〉の手許には、「森世界」の残響をその名にとどめる、モイラ、ギドウ、ルウルウの三匹がのこる。近隣の猫嫌いとマンション管理会社と餌付かせた張本人からも脅迫を受け、その上〈割と猫好きな雑司が谷一帯でここだけは、猫が切られたり毒殺されたりする最悪ポイント〉に生きることの異次元的な感覚のなかで、〈私〉は郊外への脱出を決意する。ところが〈S倉〉の新居でまちうけていた隣人は、なんと〈病的な猫嫌い一家〉。〈「なんで来るんだみんながお前の事嫌ってる猫の糞が臭い」〉とまくし立てる無法さよ。有形無形の病的恫喝にさらされるヒロインの姿には、背筋を冷たい指で撫でられるような危機的ブラックユーモアを覚えてしまう。それはちょうど、倒産した薔薇十字社をめぐる記憶の中にあらわれ出でた〈ズクニユウ〉を、〈女社長の情夫〉（元薔薇十字社相談役で名編集者として知られる故・矢牧一宏氏のことだろうか？）と「ドッキリチャンネル」で決めつけた森茉莉が、程なく〈薔薇十字社の女社長の情夫〉と署名された脅迫状におびやかされるようになった事実談を思い出させて、スリリングである。テレビの枠組みを超え、時空を超えて、他者の不実と他者から与えられた不愉快とを斬りまくる「ドッキリチャンネル」の快刀乱麻が、現実世界の不安をしたたかに抑制しながら完成せしめられたように、〈私〉と猫たちの終わりなき受難行もまた、泥臭く旺盛な戦闘意欲に支えられているのである。

〈ま、その他は面白過ぎるから省略だが、軽い受難は続く。しかし管理会社がそれで文句言ってくる事はもうない。日本は資本主義・個人対個人なら所有権は強い・自分の土地にいる限り戦いは対等・毒をもって毒を制すしか道はない〉。笙野さんの〈極私的〉な〈マリイ〉は、陽炎を背負う戦いの女神・摩利支天の「まり」だったに違いない、きっと。

（早稲田大学非常勤講師）

『S倉迷妄通信』——《私》の魂鎮めとしてのテクスト——山﨑義光

この小説には、時系列にしたがった物語としての筋立てらしい筋がない。基本的には小説家の《私》がS倉に引越してからの身辺を雑記したスタイルで書かれており、半年後の「S倉迷妄通信」、一年後の「S倉妄神参道」、一年半後の「S倉迷宮完結」の三篇から成る。半年ごとの漠然とした時間枠で、その間に起こった出来事や《私》の思いが雑然と書き連ねられていく。猫をめぐる騒動からS倉へ家を買い〈ローン持ち〉の〈細民〉となって引越してからの暮らし、猫嫌いの隣人との関係、見た夢の変化とその解釈など、身辺をネタにした《私》の思念や空想が織り交ぜられた、作家のエッセイのようなものとして読めてしまう。単行本の初出記述を見ても雑誌「すばる」に発表されたのが、二〇〇一年三月号、十一月号、二〇〇二年四月号だから、発表の間隔もおおよそそれに見合っていることがわかる。だが、一方で、「S倉迷宮完結」にいたると、猫が人と化し《私》が猫と化す、〈沢野千本〉名による小説内小説「s倉迷宮完結」が挿入されるかと思えば、私小説風の小説内小説「小説家笙野頼子」が挿入され、書き手の《私》は多元化される。筋立てを欠き、それからそれへと話が点綴されていくテクストであるがゆえに、この小説は読み手の側が恣意的に読み筋を設定して読めてしまう。捨て猫事情やドーラ、ギドウ、ルウルウ、モイラたちの日常的な振る舞いに着目するという読み筋。この作品に先立つ諸作品にすでに登場している猫たちであるから、猫たちのその後として読んでしまうこと。あるいは、S倉というローカルな郊外住宅地事情に着目する読み筋。猫四匹と女性一人で郊外に住むことで、郊外の社会が家族という枠組みを前提として成り立っていることが浮き彫りになるというありように、フェミニスト的な視点で読むこと。あるいは、夢解釈や神道をめぐる〈プチ信仰〉という《私》の思弁を、超越論的なものと内在的なものとの関係の問いとして読むことなど。雑然としているだけに読みどころが読み手の関心にしたがって色変わりしやすい小説なのである。こうした事情は、《私》が存在している《世界》の位相のとらえどころのなさからも生じる。

単行本を手に取ると、黄色いカバーに白い猫のシルエットが描かれている。背表紙には猫の顔の絵。その帯の背には〈芥川賞作家の「猫人生」その後――〉と記され、これが小説家〈笙野頼子〉の身辺雑記小説であるかのように記されるとともに、表には〈そうそう笙野頼子のいつものやつ×おっと笙野に「いつも」はないぜまた変わったぞ＝読むべし〉とも記され、〈極私的猫写真77枚掲載。でも本文と写真は「関係」ありません〉とある。帯の背景には猫の写真。作者の身辺雑記として読みうるものであることと、そうは読むなという指示とのダブルバインドがこの帯からすでに仕掛けられている。こうした小説の手法は、すでにこの作家の作品群においてなじみのものである。捨て猫をめぐる暮らしの騒動を材とした『パラダイス・フラッツ』以来、捨て猫をめぐる格闘・闘争を様々な形で作品化しており、猫たちはしばしば姿を変えながら作品のなかに登場している。『愛別外猫雑記』が『S倉迷妄通信』に先立つ猫騒動をめぐる身辺雑記小説であることは、この小説の中で言及されてもいる。身辺雑記的なスタイルであるが、しかしそれはやはり、各篇の扉に〈「架空」報告〉と記されるとおり、あくまで〈架空〉の《世界》として受け取るよう指示される。本文にもまたそうした二重性が一貫している。題名にある〈S倉〉は、少々千葉の地名について知っている者にとっては佐倉であることが知れる。本文で言及される〈嘘井〉は臼井、〈伝播沼〉は印旛沼等、地名の書き換えであることもわかる。しかし、それは地図に記された地名へと還元し得ない、テクストとしての《世界》内の地名であると受け取るよう指示するものである。言葉をがさつな目で受け取る者には、こうした指示が婉曲化することで事実を隠す表現のようにしか見えないかもしれない。だが、読み手自身もそこに行ってみること会ってみることさえ可能な作者の身辺事実と、架空の話として受け止めることとの境界的な場所にこそ、このテクストを位置づけようと仕組んでいると受け取るべきなのであろう。つまり、作者の生活する《世界》と、架空の《世界》との境界に示現する〝テクスト《世界》〟としてこれを受け取るほかない。このような〝テクスト《世界》〟とでも呼ぶほかない《世界》の設定は、『硝子生命論』においてこう記されていたことを想起させる。〈私、は一冊の書物である。それも意識のある、生きた声を持つ書物である。かつては人間の形をしていた事もあったが、今は自分が書いた作品の中を漂う存在に変わり果てた。〉。この一見なんとも面妖な〈存在〉の位相が、ここでいう〝テクスト《世界》〟としての《私》ということになるだろう。このような〝テクスト《世界》〟としての《私》は、一九九三年に『硝子生命論』が刊行された当時は、未だ不可解な《世界》のあり方として受け止められたかもしれない。だが、今やそのような《世界》のありようは了解しやすくなった。端的にいえば、インターネット上の〝ハンドル〟としての存在に近い。いわば、ハンドル名で書かれた日記のようなところがこの《世界》の位相にはある。ネット上の《世界》は、言葉の《世界》であり、ハンドルとしてこの《世界》に参入する《私》は、言葉を発する者として、言葉に遅れて〈自分が書いた〉もののなかに〈漂う存在〉だからだ。

ところで、この小説は筋立てをもたない代わりに、扉に記された、書くことのモチベーションとしてのテーマを底流させている。〈目の前の事を書くしかない。自分という〈細民〉のこの俗物ぶりをあげつらって、ただ今持っているこの「幸福」の中から、なぜだかいくらでも沸き上がってくる、わけのわからない殺意から救われるために――〉。この〈殺意〉は、猫を捨てた者への憎悪をきっかけとしながら、「なぜ人を殺してはいけないのか」という問いとして浮かび上がり、S倉の日常においてふいに沸き上がってくるものとして書き込まれていく。この問いは、いくつかの少年犯罪が大々的に報じられた二〇〇〇年当時、それらをめぐる若者たちのディスカッション番組の中であった発言（二〇〇〇年五月二十三日放送のＮＨＫ教育「真剣10代しゃべり場 命の重さって何ですか？」での発言）が、その後しばしばメディアでも取り上げられていたこととも交叉する問いであった。しかし、《私》は〈「その問いは誰が誰に向けて発しているのか」という疑問〉を持つとともに、《私》のうちに〈沸き上がってくる〉殺意の〈わけのわから〉なさに戸惑う。身辺に沸き起こる騒動や不幸・幸福な出来事、それら偶有的な〈目の前の事〉の生起に対して、《私》は風水や夢に現れる神道の神といった超自然《世界》の論理への〈プチ信仰〉にしたがって、身辺《世界》を解釈する。しかし、この〈プチ信仰〉は依存すべき確固とした神の《世界》を信じてのことではなく、《私》の〈自己救済〉〈祈り〉のための方便にすぎない。いうなれば、このテクストは一つの読み筋として、〈わけのわからない殺意〉に突き動かされる《私》を一つのテクストとして鎮める、〝魂鎮め〟の意味を帯びている。

現と夢と幻想と神の諸水準が渾然としてテクストのうちに投げ込まれ、それらがあいまいに接した〝言葉《テクスト》の《世界》〟のあやうさのうちに住まう《私》は、書くことによって〈がじゃごじょと前に後ろにさ迷い、一方ではいくらレトリックとはいえ、「三輪山の大神」を恐れながら、また一方ではおそらくは自分自身の男性性を圧倒してくる「神」をプチ信仰しつつ、つまりは世間が承認してくれない危険な存在を統御しながら生きていかなければならないのだ〉。

（大阪府立工業高等専門学校）

『水晶内制度』――〈国家〉の創世譚と『硝子生命論』――内海紀子

笙野頼子の『水晶内制度』は、二〇〇三年七月、新潮社から刊行された。(注1)

〈ウラミズモ女人国〉へ亡命した作家〈私〉は、国からある任務を依頼される。その任務とは、〈水晶夢〉と呼ばれる幻覚で得たヴィジョンを取り込みながら、〈日本神話を解体する方向〉でウラミズモの創世神話を語り直すという一大事業だった。〈私〉は旧日本国である日本とウラミズモの世情のずれに躊躇いつつも、〈女性だけの政治的に正しくない最低のコロニー〉を自称するウラミズモを〈我が祖国〉として次第に受け入れてゆく。

ウラミズモは女神ミーナ・イーザを国家神とする女人国家である。国民はほぼ女性のみ（女性のカップルがレズビアンマザーを偽装する〈一致派〉と、単身母が人形の仮夫を所有する〈分離派〉がいる）で、数少ない男性は〈保護牧〉施設に隔離されている。日本文学は、倉橋由美子『アマノン国往還記』など多くの女人国家を創造してきたが、ウラミズモは特にエキセントリックで攻撃的な国家といえるだろう。ウラミズモの戦略はこのようなものだ――女性を〈見えないもの〉として無視してきた男性社会の構造をそのまま流用して、逆に男を見えない存在へと貶めて〈女尊男卑〉を実現し、手っ取り早く女性の人間復帰を果たす。〈別に自称フェミニストでもなくレズビアンでもない、ただのむかつく女性達に支えられた国〉を自任するウラミズモは、男性社会のブラック・ユーモアに満ちた陰画になっているのだ。

ウラミズモで暮らし始めた〈私〉は、建国の功労者と同姓同名の〈火枝無性《ひえだなくせ》〉という名を与えられる。〈火枝無性〉は、太安万侶に命じられて『古事記』を口述した稗田阿礼のパロディであり、日本神話を脱構築するかたちでウラミズモ神話を創るべく召喚された〈私〉の語り手としての役割が明示される。

ウラミズモの歴史を繙く〈私〉は、建国の祖とされる神がかりの女性・龍子に注目する。男性社会に適応しなかった龍子は、同じく疎外された女性を成員とするコミュニティのリーダーとなった。そのコミュニティでは、「人形作家ヒヌマ・ユウヒを巡る作家火枝無性の思い出の記」であり、人形愛者の女達による新国家の樹立を描いた「ガラス生体論」という小説を教典として音読していた。ここで想起されるのは、笙野の『硝子生命論』（河出書房新社、93・7）[注2]だ。『硝子生命論』は、人形作家〈ヒヌマ・ユウヒ〉が作る人形少年＝〈硝子生命体〉をめぐる物語であり、ユウヒの記憶を留めようとする〈日枝無性〉によって語られる。『硝子生命論』と「ガラス生体論」の関連性は明らかだろう。『硝子生命論』は、『水晶内制度』の重要なプレテクストなのだ。

さて教祖・龍子はかつてユウヒの人形教室に通っており、ユウヒが手がけた〈真っ青なごく普通のスーツにハイヒールをはい〉た〈イザナミの人形〉（『硝子生命論』に登場）にインスパイアされて国家神のヴィジョンを得た。〈教祖の夢に顕現したその神の名はミーナ・イーザ。イザナミを逆転した神、という自覚は教祖自身にもあった。／女神ミーナ・イーザは中空に逆さに浮き胸に死んだ赤ん坊を抱え、「私は南から来た」と言った。神は官女の着るような青いスーツを着て無理に小さいサイズの青いヒールを履き、そのヒールの圧迫された足からは血が流れていた。流れた血の下に新国家があった。〉ここに登場する〈逆転したイザナミ〉のイメージに注目したい。

日本神話において最初の国生みが失敗したのは、女神イザナミが男神イザナギに先んじて言問いをしたからだとされている。また難産に苦しむイザナミの排泄物から生まれた女神ミズハノメは〈単なる火伏せの水神〉として矮小化された。神話における女性ジェンダーの抑圧構造はしばしば指摘されている。教祖・龍子が目指したのは、女を差別する機構を〈逆転〉することで、抑圧されてきた女神達を正当な地位へと復権させることだった。逆転したイザナミのイメージは、龍子がとった戦略のシンボリックな表現である。

神話作家となった〈私〉は、龍子が見たミーナ・イーザの幻覚を取り入れ、その意図を継承するかたちで創世神話の語り直しを始める。まずは、国生みの失敗をイザナミのせいにして女にケガレを押し付ける日本神話の欺瞞を暴き、イザナミが異形の子ヒルコを抱いて逃走するという新たな解釈を行う。日本史は征服と国家統一の歴史であるという認識に立てば、正史において天孫に国を譲ったとされるオオクニヌシも、また違う姿を見せるだろう。オオクニヌシとはヤマトに征服された小国家群の首長達であり、歴史に黙殺された最たる存在としての〈女首長〉＝オオナンジの別名だった。以上のような〈私〉の解釈は、日本神話が見えないもの・居ないものとしてきた存在をあえて顕在化させるという理念に基づいている。

『水晶内制度』と『硝子生命論』で、語り手〈私〉に共通の名前が与えられていることは重要である。しかし火枝無性／日枝無性と書き分けられていることの意味はさらに大きい。『硝子生命論』の〈日枝無性〉は、硝子のスクリーン越しに現れたユウヒに向き合い、彼女について語ることを自分の存在意義とする。人形国家を映し出す〈日〉＝光として認識論的な光学装置の役割に徹しようとするのだ。一方で『水晶内制度』の〈火枝無性〉は人形に火を放ち、不可能を可能にするという〈海に燃える炎〉の水晶夢を見る。水晶夢での〈私〉は〈足にハイヒールを履いていてとても痛かった。少女が水に入ると、私の体は逆さになって宙に浮いていた〉――すなわち倒立するイザナミ＝ミーナ・イーザのイコンを、自ら体現していたのだ。〈私〉は創世神話の語り手のみならず、国を産む存在である。そしてミズハノメを〈反権力の土地の農業神〉と位置づけることで反権力の土地

＝常世を規定し、〈見えなくされた者たちの実在する〉国土として復権させたのである。

こうして創世神話は完成され、国は産み出された。『水晶内制度』は、〈**どうすればいい、私はもう死ぬが。／祖国万歳。でも、／うわーっ。／うわーっ。／うわーっ。**〉という〈私〉の断末魔の叫びで終わる。ゴチック太字で表記される異様な叫びは何を意味するのだろうか。死に瀕した意識の混濁が〈私〉にそう叫ばせるのかもしれない。しかし注目すべきは絶叫の間にある改行——不気味な空白である。空白が示唆するのは、ここに何かが書かれていたかもしれない、という可能性だ。すなわち、神話作家が語り残したように見えた〈この国の核心にあるあの怖ろしい事実〉は既に語られていた、しかし体制側の〈学女と詩女と日本研究女〉により検閲され削除されたという可能性である。この〈事実〉が〈原発〉にまつわる国家の最高機密か、もしくは〈私〉が最終的に到達した〈真の女〉の観念がウラミズモの国家理念を内破する可能性であったのか、それは想像するしかない。

『硝子生命論』には、〈歪み、或いは単なる仮定を確信する事〉で成立する〈国〉自体が〈そもそも狂いであり歪みなのだ〉という認識があった。人形国を誕生させた『硝子生命論』に続き、ウラミズモ女人国という新たな国家を産んだ『水晶内制度』は、日本神話を解体する方向で創世神話を作り出すことで、裏返しの〈国家〉創世を語った。その語りそのものを食い尽くす国家というバケモノを暗示する結末部は、既に生み出されキメラのごとく成長を始めてしまった〈国家〉のリアリティを想起させる。

（聖心女子大学非常勤講師）

注1　初出は「新潮」二〇〇三年三月号。
2　〈……遠い昔、男に絶望した女達が男達に形だけは似せた人形を作った。人形達は男達に似てはいけないので全て生まれながらに予め殺されていた。が、どこかに人形を人形のままで生かして、女を蔑まず、虐げない新しい生命体を作り出す女神が存在すると聞いて、ある日何人かの人形を愛する女達が船出をした。〉（『硝子生命論』）

『片付けない作家と西の天狗』——「書く」ためのストイシズム——

野口哲也

〈21世紀になっても／居場所がなかつた作家の／終わりなき戦い〉、単行本の帯にはこう記されている。『居場所もなかつた』、『レストレス・ドリーム』を想起させるこの宣伝文句は、閉じこもっては妄想し、外界に触れてはアレルギー反応を起こす身体＝言葉を武器に、言語・国家・神話・性、あるいは現実／幻想といった既存の制度や構造を解体し続けてきた笙野テクストの過激な相貌を前面に打ち出している。「作品外の現実」や「他作品」といった別のテクストを積極的に参照し、それらを脱構築してみせる方法が笙野の最大の魅力だが、そうした笙野ワールドに再び開かれ、接続するかたちで身体（生きること）・居場所（住むこと）・論争（書くこと）といったトピックを散りばめた『片付けない作家と西の天狗』は、まさに〈待望の短編集〉だ。

近年では「純文学」の守護神としても注目を惹く笙野の「書く」ことの意義を問う試みは常に最前線にあって、その「戦い」がこれからも「終わらない」ことを表題は示している。そうした〈終わりなき戦い〉について、笙野の伴走者とも言われる清水良典は、〈ナニカシテイル〉と社会的に認知された作家が、新たな戦場《ステージ》を開拓しなければならない宿命に早くから言及していた（『笙野頼子　虚空の戦士』02・4）。したがって、冒頭にあげた出世作から十余年を経て、その「戦い」が無邪気に繰り返されているはずはないのであり、我々はこのテクストに変奏された笙野の21世紀的戦いの様相を見ることになるだろう。

そう考えたとき、本書に一貫しているのは、荒唐無稽な戦いの謳歌というよりはむしろ、およそ笙野には似つかわしくないロマンチックな苦さであることに気づく。まず何より、最近のテクストではとりわけ特権的な存在である「猫」たちがここにも共闘〈社員〉として登場するが、「後書き　モイラのこと」で悲痛にもその一人の死が明らかにされるからである。〈モイラの美人写真を表紙にして、この本を出すつもりでいた〉のに、〈結局はこんな本になった〉と。「書く」ことに先鋭的な強度を示す笙野テクストを、一方「読む」ことで支えているファン心理に照らし合わせても、この痛ましい出来事はテクストを決定的にそうした方向へ導くはずだ。

またそのことは、小説家〈八百木千本〉の実境中継という特異な文体を交えつつも基本的には本書全体に採用されている、回想の枠組みとも連動している。テクストの〈私〉は、千葉の「S倉」に家を購入して「居場所」を得、その土地に馴染み、筆で立てる生活も落ち着いてきたと繰り返す。デビューから現在に至るまでの戦いの日々を回想して語り出す〈私〉は、巻頭の「胸の上の前世」では〈そういえばこの三月で四十六になった〉という、表題作「片付けない作家と西の天狗」でも〈要するに年を取ったのだ〉〈多摩の景色の中で私は老けていた〉という。つまりそれは、回想される十年以上前の〈私〉からの隔たりを明確に自覚した文体である。だからこそ〈これで私はまた若返る事が出来る〉という願いが〈どん臭い恋愛モード〉でしかないのだし、〈最近のもっとも有名で可能性に富んだ、若い女性作家二人と並べられて、十年以上前の私の受賞作が叩かれている〉ことに対し〈若者に栄光あれと私は思う〉〈そういう若い人と並べられて光栄である。まだまだ「現役」なのだと嬉しくなるだけだ〉といった反応にとどまるのもそのためだ。小説を書くための〈鼻血が出ない〉悩みをメタフィクショナルに中継する「猫猫妄者と怪」もまた、笙野的な〈私〉の奪還として描かれる点で従来の闘争的スタンスを維持しているが、それは失われた「私」を回復しようとする妄想であり、あらかじめ不可能性が刻印されている限りにおいてロマンチックな記述と言えるのだ。

さらに、〈夢日記〉を媒介にして夢の中の存在と分身の関係にある〈私〉は、「書く」という、言葉そのものの運動と不可分である。子供の頃から夢に現れていた〈黒い翼〉の人々は排除され続ける〈私〉を「書く」ことに導いてくれたのに、表題作で大晦日に訪れた〈西の天狗共〉は猛烈に部屋を片付けさせる。しかし、〈散乱した状態〉にあってこそ〈私の頭の中だけは整然として〉いたのであり、〈こんなのに居付かれたら書けなくなってしまう〉。つまり、片付かない（片付けない）居場所とは、冒頭に挙げたような支配的な構造への自足を拒む〈私〉の、「書く」闘争の拠点としてあったのだ。とすれば〈六部に天狗でもついたようだ〉という元気すぎる〈自分の健脚に気付いた時〉のぞっとした恐怖はむしろ、書く〈私〉の体力の衰退として感じられたに違いない。同じように「S倉極楽図書館」の〈今のところ私はあらゆる意味で「幸福」と言える〉という感慨も額面通りではあり得ないし、「五十円食堂」を思い返して〈いい天気でさー、とひとり言をいいながら〉飲む〈銀河高原ビール〉には、まさに〈年を取った〉〈私〉の苦い実感がこめられているだろう。

部屋を片付けられなかった頃の〈私〉との隔たりは時に〈既視感〉を呼び起こすが、それはかつての〈記憶〉にある高尾山の怖さが〈実感〉できないというように、埋めがたいものとしてある。思うに、長年放置されながら「片付け」に際して発掘される細々とした「もの」はそうした溝を照らしだし、だからそれらは絶望的なまでに確かな手触りをもっているのではないか。巻頭作で発見される〈卵のような繭のような、昆虫のものらしい白い塊〉や、表題作で発掘される〈ドライフラワーのような桃の蕾と、それについていた芋虫のミイラ〉〈土の固まり〉と化した〈二年前のじゃがいも一個〉など、それらを〈剥がすのをためらっていた〉り、〈植木鉢に入れた〉という〈私〉の、記憶や幻想の痕跡としての「もの」に対する繊細さもまた、笙野テクストのひとつの魅力に感じられる。そしてそれは「書く」ために片付けないという、ストイックな方法に通じているのである。

〈私〉の老いとともに「片付かない」「片付けられない」その居場所は「片付いて」しまうが、この変化は十余年を経た緩やかなものであり、かつ大晦日から正月準備までの急激なものである。末尾、〈西の天狗達との別れ〉の急展開に至って、〈私〉は再び「片付けない」ことを選ぶが、そもそも〈西の天狗共〉は〈半白髪〉〈紙のようにかさかさでくしゃくしゃの真っ白な翼〉で現れ、〈二千枚程の紙の翼と、豆粒のようになった〉体で消えてゆく。仮にそこに〈私〉の脳内の〈整然と行進する文字〉が乗せられることを思えば、この天狗たちもまた、書く「私」を高揚させる御霊（神＝紙）と連続しているのかもしれない。つまり、この書き手としての〈私〉は、歳を重ねることによって何重にも隔てられた〈私〉の回復＝奪還の運動として立ち現れ続けるのだ。かつて「片付かない」環境を「書く」戦いに変換しながらアイデンティティを構築していた十余年前の〈私〉を、さらに失った現在、「片付けない」という意識的な選択を起点に再構築すること。ただし、如上の過程は発掘された〈三年放置ウイスキー〉の〈琥珀液〉に溶かし込まれ、残された〈空瓶〉にその痕跡を留めている。しかもそれは特別な盟友の死によってもう一段取り返しのつかない地点から再び眺められ、〈社会と絶望した人間とを繋ぐ〉ことに向けられている。〈私〉の老いや死を綴る言葉を脱構築し、新たな世界を創出するに至るエネルギッシュな文体の試みは例えば『母の発達』でも実現していたが、ここではそのようなテクストの静かな悲しみといった側面が改めて照らし出されていると言えるだろう。もちろんそれは〈生温い感情〉などではなく、〈何の容赦もない〉ものである。その意味で『片付けない作家と西の天狗』は、片付けない／片付かない作家の〈終わりなき戦い〉の一つの総決算でありながら、また見逃し得ない転換点を指し示すテクストであるに違いない。

（東北大学大学院生）

笙野頼子 主要参考文献

猪股真理子

単行本

清水良典『笙野頼子 虚空の戦士』(河出書房新社、02・4)

雑誌特集

「淑徳文芸」(97・7)「平成八年度文芸学科学術講演会より―作家 笙野頼子氏をお迎えして―」

論文・評論

織田保夫「笙野頼子―波打ち際の自閉―」(長谷川泉編『〈国文学解釈と鑑賞 別冊〉女性作家の新流』至文堂、91・5)

巽 孝之「箱女の居場所―笙野頼子または境界領域《スリップ・ストリーム》文学の夢想―」(「日本文学」94・11)

芳川泰久「ふたつの皮膚 ふたつの戦い」(『小説愛』三一書房、95・6)

芳川泰久「孔化する皮膚」(「週刊読書人」94・11・4↓

『小説愛』三一書房、95・6)

山﨑眞紀子「笙野頼子作品研究(一)―『極楽』論―」(「文研論集」96・3)

Susan Bouterey「笙野頼子「脳内の戦い」―『イセ市ハルチ』から『太陽の巫女』へ―」(「成城文芸」96・7)

猪熊理恵「笙野頼子『母の発達』論」(「文研論集」97・3)

小西由里「笙野頼子論―テクストの構造と言語の交換をめぐって」(「Criticism」97・3)

武田信明「笙野頼子とワープロ世界―表面の闘争文学を甦らせる映像言語」(「国文学」97・3)

野谷文昭「〈現代作家論シリーズ・第十回〉笙野頼子論―マジックとリアリズムのはざまで」(「文学界」97・6)

中川成美「居場所のゆくえ―笙野頼子とノマディズム―」(「日本文学」97・11)

陣野俊史「「お化け」に試される作家たち」(「ユリイカ」98・8臨時増刊号)

岡部隆志「笙野頼子論―言葉と化す哀しみ―」(「共立女子短期大学文科紀要」99・1)

中村三春「〈特集:セクシュアリティ革命〉闘うセクシュアリティ―笙野頼子の休みなき世界《レストレス・ワールド》」(「国文学」99・1)

亀岡泰子「笙野頼子論—フェミニズム批評のための鏡—」（「岐阜大学教育学部研究報告　人文科学」99・3）

木村加奈子「バッド・ドリーム／ファンシー・ドレス　笙野頼子試論」（「論樹」99・3）

Katrin Amann「万華鏡としての記号　笙野頼子『母の発達』」（『歪む身体』専修大学出版局、00・4）

藤田久美「爆笑言語バトル—笙野頼子『母の発達』の巻—」（「女性学年報」00・11）

池田朋子／吉田浩士／大力由佳／大貝彰「非線形写像法を用いた小説に書かれた場面の空間イメージの分析—『タイムスリップ・コンビナート』（笙野頼子作、1994）を分析対象として」（「日本建築学会計画論文集」00・11）

根岸泰子「津島佑子・笙野頼子—父権制下のアウトローたち」（「新日本文学」03・4）

中村三春「夢の技法—笙野頼子論」（菅聡子編『〈国文学解釈と鑑賞別冊〉女性作家《現在》』至文堂、04・3）

斎藤　環「〈文学の徴候〉妄想戦士ルサンチマン」（「文学界」04・4→『文学の徴候』文芸春秋、04・11）

長澤唯史「疑似文学《パラリテラチャー》としての日本文学／笙野頼子」（「三田文学」04・5）

書評・解説・その他

川村二郎／木下順二／瀬戸内晴美／田久保英夫／藤枝静男「第24回群像新人文学賞発表　○小説当選作「極楽」笙野頼子」（「群像」81・6）

藤枝静男／中野孝次「〈対談時評〉感覚と観念　笙野頼子『極楽』」（「文学界」81・7）

上田三四二／畑山博／大橋健三郎「創作合評第72回「大祭」笙野頼子」（「群像」81・12）

青野　聰／黒井千次／菅野昭正「創作合評第101回「皇帝」笙野頼子」（「群像」84・5）

中野孝次／佐木隆三／千石英世「創作合評第175回「夢の死体」笙野頼子」（「群像」90・7）

増田みず子／高橋源一郎／井口時男「創作合評第186回「なにもしてない」笙野頼子」（「群像」91・6）

秋山　駿／柄谷行人／黒井千次／高橋英夫／富岡多恵子／三浦雅士「第13回野間文芸新人賞発表　笙野頼子「なにもしてない」」（「群像」92・1）

三枝和子／青野　聰／絓　秀実「創作合評第200回居場所もなかった　笙野頼子」（「群像」92・8）

与那覇恵子「〈窓—文学〉〈おんな〉という身体」（「新潮」92・11）

川村　湊「〈今月の文芸書〉『居場所もなかった』笙野

頼子」（「文学界」93・3）

伊井直行「〈書評〉タフな「カナリア」 笙野頼子『居場所もなかった』」（「群像」93・4）

多和田葉子「〈BOOK REVIEW〉人形の死体／身体／神道 笙野頼子『硝子生命論』」（「文芸」93・8）

蓮實重彦／渡部直己（聞き手）「〈小特集・インタヴュー〉羞いのセクシュアリティ 松浦理英子、笙野頼子、多和田葉子、そして吉本ばなな」（「文芸」93・11）

巽 孝之「笙野頼子著 レストレス・ドリーム 箱女の居場所 緻密な論理で貫かれた奇想」（「週刊読書人」94・4・15）

千石英世「〈今月の文芸書〉笙野頼子『レストレス・ドリーム』」（「文学界」94・5）

笙野頼子／松浦理英子（聞き手）「〈インタヴュー〉物言う太鼓《トーキング・ドラム》のように」（「文芸」94・5）

松浦理英子「批評としての笑い」（「波」94・5）

高井有一／井口時男／中沢けい「創作合評第223回 タイムスリップ・コンビナート 笙野頼子」（「群像」94・7）

石原慎太郎／江藤 淳／筒井康隆／宮本 輝／高橋源一郎「第7回三島由紀夫賞発表〈受賞作〉『二百回忌』笙野頼子」（「新潮」94・7）

川村二郎「〈書評〉外界への違和と親和 笙野頼子『二百回忌』」（「群像」94・7）

笙野頼子／黒沢恒雄（聞き手）「笙野頼子 三島賞受賞インタビュー 装置としての差異」（「すばる」94・7）

大江健三郎／大庭みな子／黒井千次／河野多恵子／田久保英夫／日野啓三／古井由吉／丸谷才一／三浦哲郎「第111回平成六年度上半期芥川賞決定発表 芥川龍之介賞 タイムスリップ・コンビナート 笙野頼子」（「文芸春秋」94・9）

笙野頼子／室井光広／辻原登（司会）「〈新芥川賞作家対談〉居場所は見つかったか」（「文学界」94・10）

清水良典「口語という幻」（「海燕」94・12）

中村三春「笙野頼子著 タイムスリップ・コンビナート その入出力の回路は無限に開いている」（「図書新聞」94・12・17）

笙野頼子／多和田葉子「天の龍 大地の蛇」（「文芸」95・2）

小谷真理「笙野頼子著 極楽 笙野頼子初期作品集Ⅰ 夢の死体 笙野頼子初期作品集Ⅱ あくまで厳しい外世界の抑圧にさらされひたすら焦燥感にかられながら 沸騰寸前の女性的想像力」（「図書新聞」95・2・25）

室井光広「笙野頼子著　言葉の冒険、脳内の戦い無名という笙の笛」（「図書新聞」95・9・9）
黒井千次／三浦雅士／加藤弘一「創作合評第239回太陽の巫女　笙野頼子」（「群像」95・11）
絓　秀実「〈書評〉「大馬鹿者」あるいは片仮名としての猫　笙野頼子『増殖商店街』」（「群像」96・1）
笙野頼子／清水良典「父なる母、母という子供」（「文芸」96・5）
富島美子「〈Book Review〉笙野頼子『母の発達』（「へるめす」96・5）
斎藤美奈子「笙野頼子著　母の発達　イメージとして破壊し言葉として叩きのめす　おかあさん菌との格闘」（「週刊読書人」96・5・17）
安藤哲行「〈文学界図書館〉「母性」との絶望的な闘い　笙野頼子著『母の発達』」（「文学界」96・6）
巽　孝之「〈すばるBook Garden〉われらが母族チェルノブイリ―笙野頼子『母の発達』」（「すばる」96・7）
川村二郎「パラダイス・フラッツ　笙野頼子著　奇怪な表現で描く変幻自在の現実」（「読売新聞」97・6・29）
芳川泰久「〈書評〉〝集め〟と〝群れ〟　笙野頼子『パラダイス・フラッツ』」（「群像」97・8）
渡部直己／笙野頼子「〈面談文芸時評'97〉幽霊化した悲嘆」（「文芸」97・11→『現代文学の読み方・書かれ方』河出書房新社、98・3）
絓　秀実「〈文学界図書館〉神話を超えた「夢」　笙野頼子『太陽の巫女』」（「文学界」98・3）
川上弘美「笙野頼子著　太陽の巫女　静かに寄ってくる「体感」いたちごっこのように次々と現出する快楽と禁欲」（「週刊読書人」98・3・6）
斎藤美奈子「〈BOOK REVIEW〉笙野頼子『太陽の巫女』」（「文芸」98・5）
山﨑眞紀子「笙野頼子著　東京妖怪浮遊　多層的に描出される東京　無秩序に新旧が混在する街　雑司ヶ谷での妖怪との闘い」（「週刊読書人」98・7・24）
岡松和夫／坂上弘／井口時男「創作合評第272回　てんたまおや知らズどっぺるげんげる　笙野頼子」（「群像」98・8）
金井美恵子「〈BOOK REVIEW〉笙野頼子『東京妖怪浮遊』」（「文芸」98・8）
加藤弘一「〈書評〉マイクロチューブルはヨソメの夢を見るか　笙野頼子…【東京妖怪浮遊】」（「群像」98・8）
芳川泰久「〈すばるBook Garden〉妖怪状リアル　笙野

頼子『東京妖怪浮遊』」（「すばる」98・9）
笙野頼子／石川忠司（聞き手）「魂は自分で守らなければならない」（「文芸」99・2）
安原 顯「『笙野頼子窯変小説集 時ノアゲアシ取リ』超現実的イメージと独特の文体で平凡な日常を描いた不思議な味わい」（「週刊朝日」99・2・19）
野崎 歓「笙野頼子の近刊をめぐって 言葉から逃れる道はない ひたすら暴走を続け留まることを知らない言葉の奔流を前に茫然自失する。われわれは改めて笙野頼子という存在の驚異を発見するのだ」（「図書新聞」99・3・27）
斎藤美奈子「〈本〉容貌差別への挑戦状 『説教師カニバットと百人の危ない美女』 笙野頼子」（「新潮」99・4）
鈴村和成「〈文学界図書館〉女サイボーグの声 笙野頼子『説教師カニバットと百人の危ない美女』」（「文学界」99・4↓『小説の「私」を探して』未来社、99・6）
笙野頼子／赤坂真理「そして純文学は復活するか 感覚を具現する表現パソコンの効用自他の境界の確認日本語の異形性に挑む書きながら、直しながら考えるJ文学と純文学」（「群像」99・5）
清水良典「笙野頼子は体系からの「声変わり」を目指す」「書くことは、いつだって〝不安定〟」「良識と闘う、笙野の未曽有の書き言葉」（『文学がどうした⁉』毎日新聞社、99・6）
野崎 歓「〈Book Review〉場当たり的状況論に抗った「論争ならぬ論争」の記録 『ドン・キホーテの「論争」』」（「論座」00・2）
小谷真理「純文学作家宣言 笙野頼子の闘いの記録『ドン・キホーテの「論争」』を読む 高度に批評的な文章表現」（「週刊読書人」00・2・11）
室井光広「〈書評〉呪詛《ずそ》の祓《はらへ》 笙野頼子…【てんたまおや知らズどっぺるげんげる】」（「群像」00・6）
斎藤美奈子「笙野頼子著 てんたまおや知らズどっぺるげんげる 摩訶不思議な業界小説「あの論争」を肥やしにした「収穫」」（「週刊読書人」00・6・23）
小谷真理「〈すばるBook Garden〉妄想立国日本 笙野頼子『てんたまおや知らズどっぺるげんげる』」（「すばる」00・8）
堀江敏幸「愛別外猫雑記 笙野頼子〔著〕 呪詛と愛に満ちた迫真の文章」（「朝日新聞」01・4・1）
島森路子「渋谷色浅川 笙野頼子著 もうひとつの「東京案内」」（「毎日新聞」01・4・15）
鹿島田真希「笙野頼子著 渋谷色浅川 常に更新さ

れ移り変わる感覚」(「週刊読書人」01・5・25)
清水博子「〈書評〉「作家」のインプロヴィゼーション笙野頼子…【渋谷色浅川】」(「群像」01・6)
藤井久子「笙野頼子」(川村湊/原善編『現代女性作家研究事典』鼎書房、01・9)
笙野頼子/町田康「言葉の根源へ」(「群像」01・9)
山﨑眞紀子「笙野頼子著 幽界森娘異聞 現実を笑い倒す力強さ」(「週刊読書人」01・9・21)
高原英理「〈書評〉幽界、優雅な愉快 笙野頼子…【幽界森娘異聞】」(「群像」01・10)
風里谷桂「〈特集小論…女性作家の私小説を読む〉笙野頼子「レストレス・ドリーム」」(「私小説研究」02・3)
小玉祥子(聞き手)「〈今月のひと〉笙野頼子」(「すばる」02・10)
横田創「〈本〉自分の神様『S倉迷妄通信』—笙野頼子」(「新潮」02・12)
柏崎玲央奈/川崎賢子/島田喜美子/野田令子/風野春樹「2003年度 第3回Sense of Gender賞 大賞 笙野頼子『水晶内制度』」(ジェンダーSF研究会HP http://gender-sf.org/index.html)
多和田葉子「〈本〉始まりも現在もない神話『水晶内制度』—笙野頼子」(「新潮」03・9)
佐藤亜紀「〈文学界図書室〉「水晶内制度」笙野頼子 怪物的な音楽の眩いばかりの冥さ」(「文学界」03・11)
神山睦美「テロリストの不条理をものともしない文学とは 世界大の憎悪と反感が、まったくの不毛であることを見抜く(笙野頼子「金毘羅」)」(「図書新聞」04・4・10)
黒井千次/津島佑子/星野智幸「創作合評第329回「金毘羅」笙野頼子」(「群像」04・5)
笙野頼子/加賀乙彦「森の祈り、太陽の祈り」(「すばる」04・12)
清水良典「笙野頼子著 金毘羅 まつろわぬ神の出現 ミクロとマクロで照応しあう「私」の人生と一国の神話歴史」(「週刊読書人」04・12・10)
加藤典洋/室井光広/大道珠貴「創作合評第338回「一、二、三、死、今日を生きよう!」笙野頼子」(「群像」05・2)
山﨑眞紀子「研究動向 笙野頼子」(「昭和文学研究」05・3)
中村三春「猫と論争の神話—笙野頼子『S倉迷妄通信』『水晶内制度』の響きと怒り—」(「昭和文学研究」05・9)

(武蔵野大学大学院生)

笙野頼子 年譜

山﨑眞紀子

一九五六（昭和三十一）**年**

三月十六日、三重県伊勢市で真珠商を営む父・淳、母・陽子の長女として生まれる。本名・市川頼子。二歳下に弟・肇（心臓外科医）がいる。母方の祖母で四日市市に住む山口誓子門下の俳人・岩本彰子に溺愛されて幼少期を送る。家では長男のように育てられた。

一九六三（昭和三十八）**年　七歳**

四月、伊勢市立修道小学校に入学。自分はやがて男の子になるのだと信じていた。楳図かずおのホラー漫画にはまり級友たちと怪談噺を作る。

一九六九（昭和四十四）**年　十三歳**

四月、伊勢市立五十鈴中学校に入学。自分はどうやら完全に女であると気づく。部屋でたくさんの蛞蝓と蝸牛を飼っていた。西鶴、谷崎潤一郎、三島由紀夫、高見順、サルトルなどを愛読する。祖母から俳句を作る際の言葉を突き詰める厳しさを教え込まれる。

一九七一（昭和四十六）**年　十五歳**

四月、三重県立伊勢高校入学。登校拒否気味の生徒だった。夢や空想にふけり、断片的に夢日記をつける。親の勧めで医学部進学を目指すが、解剖写真を見て不眠に陥るタイプのために理学部に変更するも不合格。

一九七四（昭和四十九）**年　十八歳**

名古屋の予備校に入り、寮生活を始める。鍵の掛かる寮の個室で二年間、受験勉強と読書に明け暮れ、創作をノートに書き込むようになる。

一九七六（昭和五十一）**年　二十歳**

四月、立命館大学法学部に進学。京都の下宿でＳＦとも純文学とも名づけようもない作品を書き始める。

一九七七（昭和五十二）**年　二十一歳**

大学に通うよりも自室で小説を書く時間の方が多くなり、文芸誌の新人賞に投稿し始める。

一九八〇（昭和五十五）**年　二十四歳**

三月、立命館大学卒業。卒業後は就職せずに他大学受験の名の下に京都の予備校に通いながら小説を書く。

一九八一（昭和五十六）**年　二十五歳**

四月、「極楽」（「群像」６）で群像新人賞受賞。藤枝静男に激賞される。京都の四畳半の部屋で創作活動に専念する。「大祭」（「群像」11）発表。

一九八四（昭和五十九）**年　二十八歳**

「皇帝」（「群像」4）、「海獣」（「群像」8）発表。時評で評価を受けながらも、出版には至らなかった。

一九八五（昭和六十）**年　二十九歳**

「冬眠」（「群像」4）発表。四月、出版社に原稿を持ち込む利便性と文学的環境の好転を求めて上京。八王子のオートロックの女性限定マンションに住む。夢日記を本格的につけ始める。

一九八八（昭和六十三）**年　三十二歳**

祖母が肺癌になり看病に加わる。四月、祖母死去。七月、「柘榴の底」（「海燕」8）発表。

一九八九（平成一）**年　三十三歳**

「呼ぶ植物」（「群像」5）発表。後の「太陽の巫女」の原型になる長編四百枚を執筆するが、ボツになる。

一九九〇（平成二）**年　三十四歳**

「虚空人魚」（「群像」2）、「夢の死体」（「群像」6）発表。十二月、マンションの立ち退きを求められる。

一九九一（平成三）**年　三十五歳**

「イセ市、ハルチ」（「海燕」2）発表。三月、小平市に転居。小説の原稿収入で自活できるようになる。「なにもしてない」（「群像」5）発表。「アクアビデオ―夢の装置」（「すばる」9）、「作品が全て」（「海燕」10）、「十年目の本」（「本」10）、「背中の穴」（「群像」10）発表、九月、第一小説集『なにもしてない』（講談社）刊行。同書で野間文芸新人賞受賞。「今している事」（「毎日新聞」12・6）。

一九九二（平成四）**年　三十六歳**

「レストレス・ドリーム」（「すばる」1）、「賞と幻想」（「群像」2）、「引っ越しの時間」（「海燕」2）、「短針が動く」（「新刊ニュース」2）、「ヌイグルミといる」（「文芸」夏季号）発表。転居先で交通騒音に悩まされ、五月、中野に転居。六月、この転居騒動を基にした「居場所もなかった」（「群像」7）を発表。「大地の黴」（「海燕」7）、「夢の中の恐怖」（「ミス家庭画報」7）発表。七月、捨て猫・キャトを飼う。「レストレス・ゲーム」（「すばる」10）、「硝子生命論」（「文芸」冬季号）。

一九九三（平成五）**年　三十七歳**

「ふるえるふるさと」（「海燕」1）、「増殖商店街」（「群像」1）。一月、『居場所もなかった』（講談社）刊行。「レストレス・ワールド」（「すばる」3）、「無名作家の雑文」（「太陽」4）、「幻視建国序説」（「ブックTHE文芸1」3）。「脳内フランス」（「太陽」5）、「オートロックの怪」（「太陽」6）。六月、「言葉の冒険、脳内の戦い、体当たりの実験」（「新刊展望」7）、「会いに行った―藤枝静男」（「群像」7）発表。「トレンド貧乏」（「読売新聞」7・1)、七月、『硝子生命論』(河出書房新社)刊行。「歌わせる何か―ドリー・ベーカー」(「群像」10)。十月、キャトが家出、ポスター四百枚貼って行方を探すが不明。同時期に担当編集者とのトラブルもあって精神的に追いつめられる。「夢の中の体―松浦理英子『親指Pの修業時代』」(「文芸」冬季号)、「一身上の感性―小山彰太」(「群像」11)、「水に囲まれている」(「アクアス」11)発表。十一月、「二百回忌」(「新潮」12)が芥川賞候補となる。「ガラスの内の葛藤」(「東京新聞」11・6)、「狂熱の幻視王国―渋さ知らズ」(「群像」12)、「水晶の交響」(「東京新聞」11・13)、「透明製造人間」(「東京新聞」11・20)、「猫と透明」(「東京新聞」11・27)。

一九九四(平成六)年　三十八歳

「下落合の向こう」(「海燕」1)、「レストレス・エンド」(「文芸」春季号)発表。一月七日に捨て猫・ドーラを飼い始める。二月、『レストレス・ドリーム』(河出書房新社)刊行。「母の縮小」(「海燕」4)、「テレビゲームと観念小説」(「すばる」4)、「背表紙の十二単衣」(「波」4)、「アケボノノ帯」(「新潮」5)。五月、『二百回忌』(新潮社)刊行。「死者も生者も来て踊る―『二百回忌』」(「朝日新聞」6・7)、「本の中の真空」(「新潮」7)。七月、「二百回忌」で三島由紀夫賞、「タイムスリップ・コンビナート」(「文学界」6)で芥川賞受賞。「フルサトマトメテ忘却を誓フ」(「東京新聞」7・18)、「東京グラデーション」(「共同通信」配信7・19)、「文学の祭典に臨んで」(「読売新聞」7・20)、「六時間のメモ―『タイムスリップ・コンビナート』」(「共同通信」配信7・24)、ダブル受賞騒ぎで生活が激変し、疲労が重なり耳鳴りに悩まされる。八月、松浦理英子との対談集『おカルトお毒味定食』(河出書房新社)刊行。「シビレル夢ノ水」(「文学界」9)、「雨のヌイグルミ揃い」(「毎日新聞」8・18)、九月、『タイムスリップ・コンビナート』(文芸春秋)刊行。「こんな仕事はこれで終りにする」(「群像」11)、「コップの中の嵐、の中」(「中央公論」11)、「人形の王国―『硝子生命論』」(「太陽」11)発表。十一月、『極楽』、『夢の死体』(ともに河出書房新社)刊行。「九〇年代の半ば」(「東京新聞」11・26)発表。

一九九五(平成七)年　三十九歳

「虎の襖を、ってはならなに」(「海燕」1)、「物書きの口について」(「現代」1)、「走っている、曲がっていく、刻む、スピードとテンポ、激しい愛」(「新潮」1)発表。一月、「読売新聞」の書評欄執筆を担当(~96・12まで)。「水源の力―マックス・ローチ」(「文学界」2)。「言葉が言葉を生み出して…」(「新刊展望」3)、

「一年分のイメージ」（「へるめす」3）。三月、エッセイ「珍しくもないっ」を「月刊太陽」四月号から一年間連載。五月、豊島区雑司ヶ谷に転居。「生きているのかでででのでんでん虫よ」（「群像」7）、「街角のオウム」（「共同通信」配信）。七月、エッセイ集『言葉の冒険、脳内の戦い』（日本文芸社）刊行。「母の発達」（「文芸」秋季号）、「なぜ新聞は文学作品に半年ごとの勝敗をつけるのか」（「週刊現代」8・19、26合併号）。「太陽の巫女」（「文学界」10）。十月、『増殖商店街』（講談社）刊行。「黄色い戦争」（「日本経済新聞」10・1）、「人形の正座」（「群像」11）、「野方、夢の迷路」（「本」11）、「これを書いた」（「イン・ポケット」11）、「日帰りの伊勢」（「中日新聞」11・29）。

この年、純文学叩きに抗して論駁の声を上げ始めたところ、事実無根の醜聞が流れ、中傷記事の掲載誌に抗議した結果、一ページの謝罪文が載る。

一九九六（平成八）年　四十歳

一月、「眼球の奴隷」（『ハイパーヴォイス』ジャストシステム所収）、「パラダイス・フラッツ」を「波」に連載（1～97・1）。「渋谷色浅川」（「新潮」2）、「母の大回転音頭」（「文芸」春季号）、三月、『母の発達』（河出書房新社）刊行。「忘れていた」（「日本近代文学館ニュース」3・15）、四月、「東京すらりぴょん」連載（「毎日新聞」日曜版、4・7～6・23）、「一九九六、段差のある一日」（「三田文学」夏号）。五月、母が腺癌のため入院。帰郷して昼間看病し、夜に執筆する生活で十キロ近く痩せる。「越乃寒梅泥棒」（「新潮」）発表。九月、母死去。「箱のような道」（「群像」10）、「記憶に残るコミック」（「朝日新聞」12・14）。

一九九七（平成九）年　四十一歳

「使い魔の日記」（「群像」1）、「壊れるところを見ていた」（「文学界」1）、二月、「夜のグローブ座」（「一冊の本」3）。（「新潮」4）、「言葉を得た犯罪性」（「朝日新聞」3・19）「ひとり言お断り」（「読売新聞」3・28）。「単身妖怪・ヨソメ」（「へるめす」5）。「風邪とゲラの間で」（「新潮」6）。六月、『パラダイス・フラッツ』（新潮社）刊行。「『素足』で踏み込む」（「毎日新聞」6・11）。「触感妖怪・スリコ」（「へるめす」7）、「極楽からパラダイスへ」（「新刊ニュース」8）。十月、「竜女の葬送」（「文学界」11）、「説教師カニバット」（「文芸」冬季号）発表。十二月、『太陽の巫女』（文芸春秋）刊行。年末、父が手術。

一九九八（平成十）年　四十二歳

「団塊妖怪・空母幻」（「世界」1）、「蓮の下の亀」

（「すばる」1）、「全ての遠足」（「群像」1）、「抱擁妖怪・さとる」（「世界」2）。「女流妖怪・裏真杉」（「世界」3）。三月、父親、再手術。伊勢と大阪に度々通う。「首都圏妖怪・エデ鬼」（「世界」4）発表。五月、『東京妖怪浮遊』（岩波書店）刊行。純文学叩きに本格的に論駁。「てんたまおや知らズどっぺるげんげる」、「三重県人が怒るとき」（ともに「群像」7）、「神話の後で妖怪を」（「新刊展望」7）。「ほらまた始まった馬鹿が純文学は駄目だってさ」（「毎日新聞」7・7）、「文芸」新人賞選考委員を九九年までの二年間担当。「魂の向くまま幻想を紡ぐ」（「AMUSE」8・12）。九月「サルにも判るか芥川賞」（「文学界」10）、「大きな本屋の片隅で」（『本の旅人』10）、「時ノアゲアシ取リ」（「一冊の本」11）、「百人の危ない美女」（「文芸」冬季号）。十一月「文士の森からいちいち言う。」（「東京人」12）、「文士の森を守るために」（「毎日新聞」12・21）発表。

一九九九（平成十一）年　四十三歳

「文士の森だよ、実況中継」（「群像」1）、一月、『説教師カニバットと百人の危ない美女』（河出書房新社）刊行。二月、『笙野頼子窯変小説集　時ノアゲアシ取リ』（朝日新聞社）刊行。「ジャズ・書く・生きる」（「一冊の本」3）、「論告・論争終結」（「文学界」4）。「そして純文学は復活するか」（「群像」5）。六月、「『逆髪』解説」（『富岡多恵子集』月報）、「ここ難解過ぎ軽く流してねブスの諍い女よ」（「群像」7）、「墓地脇の通り悪魔」（「東京新聞」6・26）。十一月、純文学叩きに論駁した過程と二年間担当した「読売新聞」書評を掲載した『ドン・キホーテの「論争」』（講談社）刊行。「マスコミイエローと純文学」（「本」12）発表。

二〇〇〇（平成十二）年　四十四歳

「リベンジ・オブ・ザ・キラー芥川」（「群像」1）、「ドン・キホーテの御機嫌伺い」（「文学界」1）発表。「私の事なら放っておいて」（「婦人公論」2・22）、「ドン・キホーテの『論争』その後」（「i feel」春号）、「好きな本にかこまれて」（「本とコンピュータ」春号）、「中目黒前衛聖誕」（「新潮」3）、「幽界森娘異聞」連載（「群像」3〜10）。四月、『てんたまおや知らズどっぺるげんげる』（講談社）刊行。五月、群像新人賞の選考委員となる。「豊島村本末転倒ワールド」（「現代」6）、「文士の森を立ち去る日」（「紅通信」6）、「ドン・キホーテの梅雨お見舞い」（「新潮」7）、「論争貧乏、猫貧乏」（「一冊の本」7）。七月、近所のゴミ置き場で捨て猫・ギドウ、モイラ・ルウルウを保護。愛猫たちを安心して飼える環境を求めて千葉県佐倉市に転居。野間文芸新人賞選考委員となる。「津島佑子様へ『感想の感想』」（「一冊の本」9）、「猫をめぐる闘いの日々」（「朝日新聞」夕刊8・11）「ドン・キホーテの御礼参上」（「リトルモア」秋・14号）、「愛別外猫雑記（前編）」（「文芸」冬季号）発表。

二〇〇一（平成十三）年　四十五歳

「宇田川桃色邸宅」（「新潮」1）、「神様のくれる鮨」（「群像」1）、「愛別外猫雑記（後編）」（『文芸』春季号）発表。「S倉迷妄通信」（「すばる」3）、三月、『愛別外猫雑記』（河出書房新社）、『渋谷色浅川』（新潮社）刊行。七月、『幽界森娘異聞』（講談社）刊行。「S倉妄神参道」（「すばる」11）。十一月、『幽界森娘異聞』で泉鏡花賞受賞。

二〇〇二（平成十四）年　四十六歳

「素数長歌と空」（「群像」1）、「怪訳雨月物語その他」（「本の窓」1）、「活字の森のクリスマス」（「銀座百点」第567号）。「S倉迷宮完結」（「すばる」4）、「十一月十三日・金沢の空」（「北国文学」第11号）、「ドン・キホーテの侃侃諤諤」（「群像」5）、「お出口はそちらですよ、大塚英志先生」（「新潮」8）、「胸の上の前世」（「Vogue 日本」8）。この年、すばる新人賞選考委員を務める。

二〇〇三（平成十五）年　四十七歳

「女の作家に位なし!?　ドン・キホーテの寒中お見舞い」（「群像」2）、「水晶内制度」（「新潮」3）、「成田参拝」（「すばる」5）、「私の純文学闘争12年史」（「新潮45」5）、「追悼・三枝和子　穏やかな先駆者」（「新潮」7）、七月、『水晶内制度』（新潮社）刊行。「五十円食堂と黒い翼」（「大阪芸術大学河南文芸文学編」夏号）、「ドン・キホーテの返信爆弾」（「早稲田文学」11）。

二〇〇四（平成十六）年　四十八歳

「猫々妄者と怪」（「文芸」春季号）、「金毘羅」（「すばる」4）、「アンケート」（「早稲田文学」5）、「姫と戦争と『庭の雀』」（「新潮」6）、六月、『片付けない作家と西の天狗』（河出書房新社）刊行。「夫婦主従関係のリアリズム　狂言への狂言《たわごと》」（大庭みな子監修『テーマで読み解く日本の文学（下）』小学館所収）、「文学の、終り」（「早稲田文学」9）。十月、『金毘羅』（集英社）刊行。

二〇〇五（平成十七）年　四十九歳

「一、二、三、死、今日を生きよう！」（「すばる」1）、「反逆する永遠の権現魂」、「キャラクターだけ評論家の作り方、ツブし方。」（ともに「早稲田文学」1）六月、『金毘羅』で伊藤整文学賞受賞。『徹底抗戦！　文士の森』（河出書房新社）刊行。

（札幌大学助教授）

現代女性作家読本 ④
笙野頼子
発　行――二〇〇六年二月二五日
編　者――清水良典
編集補助―原田　桂
発行者――加曽利達孝
発行所――鼎　書　房　http://www.kanae-shobo.com
〒132-0031　東京都江戸川区松島二-一七-二
TEL・FAX　〇三-三六五四-一〇六四
印刷所――イイジマ・互恵
製本所――エイワ
表紙装幀―しまうまデザイン
ISBN4-907846-35-5　C0095

現代女性作家読本（全10巻）

原　善編「川上弘美」
高根沢紀子編「小川洋子」
川村　湊編「津島佑子」
清水良典編「笙野頼子」
与那覇恵子編「髙樹のぶ子」
髙根沢紀子編「多和田葉子」
清水良典編「松浦理英子」
与那覇恵子編「中沢けい」
川村　湊編「柳美里」
原　善編「山田詠美」

現代女性作家読本　別巻①
武蔵野大学日文研編「鷺沢萠」